JN255074

沖縄の投稿者たち

沖縄近代文学資料発掘

仲程昌徳

沖縄の投稿者たち──沖縄近代文学資料発掘／目次

1 『文庫』と沖縄の投稿者たち

一

沖縄の表現者たちは、現地沖縄で発刊されていた新聞に作品を発表しただけでなく、中央で刊行されていた諸雑誌にも作品を数多く投稿している。

本稿では、『文庫』に投稿していた表現者たちと、その作品を発表順に並べて紹介していくことにしたい。

残暑。

秋来てもそよと斗りの風もなしいつ迄残るあつさなるらん。

秋夜虫。

さらぬだに千々に物思ふ秋の夜に哀れをそへて虫ぞ啼なる。

明治二十八年十一月号第一巻第五号に掲載された山里翠山の作品である。[1]『文庫』に登場してくる最初の表現者は、多分翠山である。また明治三十一年まで、彼一人の作品しか見当たらない。三十一年までの彼の作品は、次の通りである。

〈三十年八月五日・第六巻第四号〉

　深山花。

誰がために咲くか深山のさくら花可惜色香も訪ふ人はなし。

〈三十年八月二十日・第六巻第五号〉

　蛍。

そよと吹く葉分けの風に散る露は木の間をくゞる蛍なり鳧。

　鹿。

さらぬだにうきに堪へざる思をばなど乱すらん棹鹿のこゑ。

〈三十年十月五日・第七巻第二号〉

　松映水。

池水の鏡に千代の色見えてみどりかさねしにはのおいまつ。

〈三十一年三月五日・第八巻第六号〉

　夏滝。

　岩間より落ち来る瀧の音きけばむすばぬ袖も涼しかりけり。

　　新年雪。

新しき筆の始めはおのづから降る白雪ものどけかりけり。

山里翠山に代わって明治三十二年から登場してくるのが、名嘉元江山である。江山の作品は次のようなものである。

〈三十二年「紀元節」臨時発刊号・第十一巻第四号〉

　　夕立

夕立は時の間にこそ過ぎにけれ露を垣根の草に残して[2]

〈三十二年六月十五日・第十二巻第四号〉

　　離島の千鳥

あらし吹く離れ小島の夕浪に友よぶ千鳥声哀れなり

　　沖縄の松

常磐なる松の操も雪霜のおかぬ里にはあらはれもせず[3]

『文庫』は、紀元節・天長節等のいわゆる大節には臨時号を発刊しているが、同年「天長節臨時発刊号」(第十三巻第三号)には、高野美登の作品が見られる。彼の歌は次のようなものである。

琉歌
言の葉の色こそかはれその花は同じ大和の桜なりけり

二十八年に登場した翠山の歌と、三十二年になって登場した江山、美登らの歌とは、異なるものが見られた。秋とはいえまだ暑さが続いているという翠山の「残暑」は、沖縄の暦ばかりの秋を歌ったと取れないこともないが、それは、彼の出身地を示す肩書に「那覇」とあるからであって、それがなければ、沖縄の秋を歌ったものだと知らないはずである。一般的な「残暑」を歌ったものとして、それは受け取ってもいいものであったが、江山や美登の歌は、明らかに沖縄を全面に押し出していた。

沖縄の松や、沖縄の歌・琉歌について歌った江山や美登の歌は、沖縄を歌ったという点で、注目されてしかるべきである。しかしそれはまだ、差異や類似をなぞったというだけのものであったばかりか、美登の歌のようにむしろ類似を歌うことに主眼があった。

二

三十三年二月十五日発刊第十四巻第二号には、次のような詩が現れる。

　　芭蕉の露

首里の夜がくれ月影に、
列れて眺めし女童の、
謡は小耳に残れども、
諸鈍の雪の色の顔の、
　今は眼にさへ入らぬ哉。

文の学びを去年の秋、
首里天加那志仰せらるに、
灘の白浪打ち渡り、
はる〳〵着し長崎の
雪を一年友ぢやごと。

又もめぐり逢う縁とて、
まねぐ扇や思童の、
三重城辺にたゝすみて、
泣きし泪の我袖に、
こもるか未だ消えやらぬ、

七島渡中浪安く、
あれに浮ぶは硫黄ヶ島、
昇る烟のそれならで、
何賑や慶良間船、
佐多の岬に真帆見ゆる。

沖の側迄来らとめば、
はやも別ゆる旅衣、
親子兄弟打つらね、
はなむけ言葉多き中に、

君が送るは目のひかり。

富士の根高き桜島、
花はみ空に香をこめて、
月影清き欄干に、
幾つき酒を重ねても、
遊でしかぬは茶屋御殿。

馴れし乙女が面影の、
たゝぬ日は無き塩烟、
宵暁に二人して、
語りあひたる芭蕉葉の、
露散る庭はうらみゆさ。

今日や名に立る十五夜の、
月は鏡の伊平屋の渡。

いきやしがなかおす風に、
船の友綱とき捨てゝ、
我世の際に帰らしか。

泣きに啼きても聞く人は、
大道松原あたり居て、
口説などかも歌ふらん、
こゝは浦曲の百千鳥、
かへる潮にもどさるゝ。

昔くりもどし
　今になし見れば
　　よらでありしが、
　　　なつかしや、

橘村の作品である。橘村は、沖縄出身ではない。彼が何故このような詩を作ったのかは、彼自身、詩の序詞として「琉球にある友頃日書と共に同地の俗謡十数首を寄せて曰く是君が作詩の好資料たるべしと余之を閲するに均斎森巌の躰はなしと雖も簡約錯落含蓄余響の趣味あり愛唱の余其歌にならひて此一篇を作る」と付してある所から明らかである。橘村のこのような試みは、沖縄の投稿者たちを驚かすに充分であったかと思う。[4]

しかし、橘村の「芭蕉の露」に触発されて、沖縄の表現者が、同様な詩歌を発表した形跡は『文庫』にはない。橘村もまた、この一篇だけであった。いわば、「作詩の好資料たるべし」として俗謡が送られてきたことに答えるため、作られた一篇であったと言えないこともないのである。

橘村に、沖縄の俗謡を送った「琉球にある友」というのは、誰なのか不明だが、明治三十年代には沖縄との交流や沖縄に関する関心もある程度高まっていたように見えるし、沖縄の紹介が、『文庫』にも現れるようになる。

三十三年一月十五日刊第六号の『地方読書界』に掲載されたはまのやの[5]「琉球だより」がその嚆矢である。はまのやは、そこで「琉球に於ける思想の変遷」を概略するとともに教育界、報道機関、購読雑誌、伝統的な文学表現等について触れた後、「琉球語は十年前から言語学者の研究するところとなり、ピー、エッチ、チャンブレン氏は『琉球文法及字書』といふ三百頁の本を書いた、先頃冨山房から出た幣原坦氏の著者『南島沿革史論』は、沖縄が日支両国への関係を歴史的に論じたもので、面白い本である」と紹介していた。そして、さらに和歌や俳諧の会等があって、盛んに活動していることを述べていた。
橋村の「芭蕉の露」は、多分に、そのような沖縄紹介のあったこととも関係しているであろうが、明治三十年代初期になると、いち早く詩歌界にも、沖縄風を取り入れた作品が現れるようになる。[6]

明治三十三年になると、江山や美登の名前が消え、山里半酔が現れる。

春の歌の中に
ちる花をむしろにしめて鶯も知らぬ夢路に入りにけるかな

出生
栄えゆく姿も見えておのづから千代の色ある松のみどり子

逸題
沖縄は冬としいへど名のみにて青葉にしげる遠近の山

春曙雲
しらみゆく雲の姿もおのづから長閑に見ゆる春のあけぼの

朝鶯
あさいする閨の戸近くおとづれてこゝろあるらし鶯のこゑ

「春の歌の中に」は三十三年四月一日・第十四巻第四号、「出生」他三首は四月十五日・第十四巻第五号に発表されたものである。半酔は「逸題」から推測して翠山と同一人であるといっていいだろう。三十三年五月から三十六年二月まで、不明。[7]

三十六年三月から三十九年十月まで、次のような作者と作品が出て来る。

〈三十六年三月十五日・第二十二巻第六号〉

○　　　　沖縄　うてなのや

詩に泌みし吾なり君なり幾年を秘めて泣かせし甕くまずや

天の扉は開きにけらずや我妹子の小百合折る手に夕べ雷

興会迅し。詞調はた快利。これ凡手にあらず。

かへりみて王の宮には奉らじよ妹が魂しむ白菊の花

意致高邁、おのづから盤旋の勢あり。

茅渟の浦ゆ人のもてこし桜貝秘めおく袖の縞うすれけり

袖たれて園の薔薇につとよればみだれ蟋蟀露こぼし去る

幽婉。句々亦幽峭。

〈三十六年四月十五日・第二十三巻第一号〉

○　　　　沖縄　巣鳴生

一列の雁鳴く見えて天の海雲晴れ渡り月冴かなり

〈三十六年六月十五日・第二十三巻第四号〉

○　沖縄　蕁　泣鴦

文車の魂もさぞかしなげくらむくわし詩巻ひめて何処ぞ

〈三十六年八月十五日・第二十三巻第六号〉

沖縄　巣泣

名月に西瓜を切るや盆の上

清光赤雪を照らす

〈三十六年十一月十五日・第二十四巻第五号〉

○　沖縄　竹廻舎

ひやゝかに常世の秋を刻まれぬ君と放れしうら若き魂

流れては君が門辺を過ぐればや岸の緋桃の笑みてこぼるゝ

朝霄れを田植えの唄の面白う田に溢れては靄こもりゆく

〈三十七年九月十五日・第二十七巻第一号〉

○　沖縄　神山野雨

ゆく春の春の一夜を歌に泣きて消えよのわれに衣かけし君

昨夜の夢に星の私語問ひますな今朝白百合の露しげかりき

○　沖縄　西平浪演

〈三十八年九月十五日・第二十九巻第六号〉

雛抱いてすねていねたる京の子が鬢のほつれをふくよ小夜風

○　沖縄　西平浪演

〈三十八年十一月三日・第三十巻第二号〉

ほの白う潮満ちみつ朝あけを君と相乗る柳の渡し

○　沖縄　西平浪演

〈三十八年十一月十五日・第三十巻第三号〉

竹二尺藻の花よする沙の人の日傘めぐりて行く小き蟹

○　沖縄県　西平浪演

〈三十九年二月十五日・第三十一巻第二号〉

暮の戸や鳥籠おろすやせ人のやせ頬さすりて風寒う吹く

島人は我れをいだきて沙の上に花藻かざして初日をろがむ

○　沖縄　西平浪演

〈三十九年六月十五日・第三十一年巻第六号〉

○　沖縄　西平浪演

椎の実の地に落つる音聞きつゝも薬含むに涙流れぬ
天上に事今ありと秋風は山門くゞりて鐘みだれうつ
〈三十九年十月十五日・第三十二巻第五号〉

○　　沖縄　捨小船

おもかげは夜半吹く風にうかび来ぬ君よ青葉の下に笛吹け
わが声は芙蓉の峯を吹く風に似て麓なる人戦慄かせ
紫の色よこぼるゝ思ひすとこの花愛でし人なつかしき

明治三十六年から三十九年にかけて登場したのは、うてなのや、巣鳴生、蕣泣鴦、巣泣、竹廻舎、神山野雨、西平浪演、捨小船等である。うてなのやと蕣泣鴦、巣鳴生と巣泣は多分同一人であろう。うてなのやは、「凡手にあらず」と[8]選者に賛されながら続かず、竹廻舎、神山野雨、捨小船等は、一度きりで、この時期気を吐いたのは西平浪演ただ一人であった。

三十六年八月十五日・第二十三巻第六号に、はじめて巣泣の句が掲載されるが、俳句作者たちの活躍が始まるのは四十一年以降である。

〈四十年三月十五日・第三十四巻第一号〉

琉球　山城酔仙

鈍色の靄にまかれて白塔の寒げに見ゆる枯木立かな
朝戸くれば音して開く白蓮華高野聖のおもかげと見ぬ
いもうとの寝息もかをる春の夜の月おぼろなり梅散る窓に
十月の落葉の庭に三千の恋の詩巻みながら炊きぬ

四十年は、山城酔仙の作品が見られるだけである。[9] 酔仙は、新詩社同人で『明星』で活躍した山城正忠ではないかと思うが、確かな証拠はない。

三

明治四十一年になると、目ざましいものがある。

〈四十一年一月一日・第三十六巻第一号〉

沖縄　西平野の守

古びたる屋なみのうえに茜しぬあざれ恋なる胸かのさまに
晩秋や火炎のごとも雲湧きぬ君を容るべき胸かのさまに
うらさびし氷雨となりし軒にして乞食ふたりのものいはで居ぬ

冬雲や孤独の胸の形して山裾なれば木兎啼くも
紫に世はかすみぬれ君来ると蕾桜のほころびし日は
ふと見ればまぼろし消えし束の間に似てとゞろきぬ胸なる海は
わが哀慕野分とふきし鵲の声し形しおもほそりゆく

沖縄　麦門冬

垣越えて鶏逃ぐる木の芽かな
虎丸や悪戯して
乳呑児の毋の昼寝を這いありく
旅籠屋の女鴨吊る無口かな
短夜の酒の香臭き畳かな
奪はれて男にうたす砧かな
許されて山雀しばし庭ありき

〈四十一年三月十五日・第三十六巻第五号〉

沖縄　浦添蛙村

春をわが貝のもろ葉の秘宮に真珠うむとてひそみける君
盛り立てし梨かごに似る島うきぬ君を思へる涙の中に

ものなべて枯るゝといふ日わが恋の力に生きむ木を思ひませ
海のはて貝の諸葉のふところに月落ちかゝる曙の海
如月や山の峡ぬふ人気なきうす紫の道を見たまへ
おん胸の中よりさせる影の身の消えをあやぶみ夜も日も足らぬ
〈四十一年四月十五日・第三十六巻第六号〉
沖縄　麦門冬

庭の隅古根の椿咲きにけり
院々の昼静かなり鳥交向る
恋知らぬ小猫よ来れ日向ぼこ
〈四十一年五月十五日・第三十七巻第一号〉
沖縄　摩文仁雨城

半われ死してなほありいつまでか君諾と云はず寒し冬の灯
わが心半は君にはた君のにくき乙女に胸さはぐ日よ
〈四十一年六月十五日・第三十七巻第二号〉
沖縄　麦門冬

狛犬の眼鼻に梅の落花かな

病癒えし小姓召さるゝ梅の花
詩成て太守を驚かす
下張りの屏風乾きぬ小六月
葱畑に先生おはす懐手
甘蔗の干殻白き枯野かな
道草にちぎり馴れにし薄かな

◯　　　　　　首里　摩文仁雨城

天地の長きへだゝり星一つ金矢はなつに山おろしする

◯　　　　　　首里　摩文仁雨城

胸のかべすぐろに古りぬ君がたくえ知らぬ煙たえずもあれば
悲みや喜びわれはこも〳〵に君よりうけて今日の生見る

〈四十一年七月十五日・第三十七巻第三号〉

沖縄　三念

味噌汁の熱きを好み冬ごもり
春の水手に掬ふべき恋もがな
原句「春水を掬んでやる」

武蔵野は皆畑打つ日和かな
鯨汁海賊党を結びけり
嫁入の調度にとまる蝶々かな
　蒔絵の花の香そなつかし
春行くと女心に淋しけれ

　　○　　　　　　　　沖縄　浦添蛙村
万人に一人あり得る君ならば吾もひとしく一人あり得む
あなあはれ君が心の一の座にもの〳〵しくも居構ふる我
空車とゞろ〳〵と胸の野を終日かよひ静心なし
わが心帆をこそあぐれ波のはて汗ばむらしき空ながめつゝ

　　○　　　　　　　　首里　真江平藤子
胸の野は真昼薔薇の匂ひして巷去る日のいさむ心よ

　　　　　　　　　　　沖縄　三念
桃咲くや畑の臭き町はづれ
　原句「村はづれ」
左京右京鐘悉く霞みけり

浦島が足の白さよ春の潮

乙姫恍惚

沖縄　麦門冬

松の花胸つき坂を上りけり
かきつばた衣洗ふ石滑なり

美人幾辷り

桃園に遠的を射るひゞきかな

原句「金的を射る」

こぎぬける一二の橋や藤見舟

原句「幾重の橋や」

首里　摩文仁雨城

明月や木にはひ上る猫の影
梅折りて池にちる花惜みけり

〈四十一年八月十五日・第三十七巻第四号〉

○

沖縄　摩文仁雨城

何ものか求めてならずまとまらずはては君をしえずなりし夜よ

思ふやう言へずある夜のわが胸の土に理智てふ鍬打つ君よ
悲しみのみつるてふ世に君を恋ひはた酒を欲りたゞ君に生く
生の火に恐れかなしき恋の火に身なげぬされど心つめたき
君が心如何はしくも疑の帷おろしてわれとかたらず

○　　　　　　　　　　　　　沖縄　摩文仁雨城

秋の雨きえなんとする恋の火に油さすごとふりつゞくかな
恋の力君をなかする日をたえず近からしめぬ呪はぬほどに
わが里は黒染衣着る尼のひくゝ鐘つく寺多き島

沖縄　麦門冬

洒女の辺に泳ぐ家鴨かな
夏痩や柱鏡に向ひ立つ
膳椀の漆輝く暑さかな
　原句「膳棚の」
夜鴉の淋しく啼いて鵜川かな
麻刈にほのめき出づる坊が妻
蝉鳴くや茂叔が庵の草高き

やがて暮るれば光風霽月

夕顔に裏町行くや豆腐笛

原句「町裏淋し」

竹婦人去年の塵を払ひけり

門川に米研ぎ居ればほとゝぎす

〈四十一年九月一日・第三十七巻第五号〉

沖縄　麦門冬

お給仕の振袖つづく夏座敷

物の怪の落ちて眠りぬ蚊帳の人

原句「落ちれば眠る蚊帳静」

仏へは白き桔梗をまゐらせん

南山を見る立膝の主人哉

原句下五「夏帽子」

月の方へ蔭の方へと踊りけり

美人隠現

沖縄　三念

水清き里の蛍の太さかな

手すさびに蛍捕へてまた放つ

暁や蚊帳にからまる古団扇

原句「渋団扇」

○

あつき頬と頬は今もなほうすものゝへだてゝありや血の香のかよふ

浦添蛙村

〈四十一年九月十五日・第三十七巻第六号〉

禅単をすべり出づれば夏の月

沖縄 麦門冬

大吾徹底

蝙蝠や傾城老いて里にすむ

炎天や騎馬の法師が頬冠り

沖縄 澪津串

芭蕉葉を滑べると見しが飛ぶ蛍

原句「滑べると見えて」

草の露に大きく光る蛍かな

沖縄　麦門冬

ほと〻ぎす美豆の宿りの夜明かな

原句「美豆の小家の」

爪繪する婢女のさう〱し

原句「いとそう〱しきはした哉」

霧雨に狂女ぬれ立つ巷かな

沖縄　紅梯梧

地涸れて泥の匂ひや百日紅

鰻泣き鯰哭す

古池や鮒泡吹いて百日紅

原句「うつ〻なや」

沖縄　麦門冬

恋さま〱古文殻の紙魚ぞ知る

原句「紙魚をはたく」

かしましき領城共や嘉定喰

原句上五「隔てなき」

面白うわらひ薬やけさの秋
　悲む壯夫は旧式
松風の心動きぬ墓参
平新皇河鹿の歌を詠まれけり
蜻蛉飛んで辻説法の供赤し

〈四十一年十月十五日・第三十八巻第一号〉

○　　　　　　　　　沖縄　摩文仁賢輔
日をあびて木々は皆世の黒き地に根づよく立ちて朝静なり
南国の大竹林やうね〳〵と風に濁れる河ぞひて立つ
　　　　　　　　　　沖縄　三念
残る蚊の畳の上を飛んで居る
大花火斗牛の間に開きけり
　原句「大花火斗牛を突いて」
中洲より秀でし花火揚りけり
　楼上舟中幾褒姒
　　　　　　　　　　沖縄　煙波

梨子畑に梨子もぐ湯女と客とかな　　沖縄　紅梯梧

柴の戸を出づれば朝の月遠し　　沖縄　戎衣

放鳥つたなく幣にとまりけり　　沖縄　玉塵

放ちたる鵞鳥追ひ行く雄鳥かな　　沖縄　三念

渋桶に小さき虫飛ぶ日向かな

煙立つ（外一篇）　　摩文仁天来

来雨あがり、されど白日は
黄ばみたる雲に馴れ
なほかくて海の上。
いたましき熟えし日の

滴りや、雲のひま
さと赤し波の光。

大空に靡きつゝ
一条のあはき影——
沖はろに煙立つ。

女

海辺の巌の上
にこ〳〵と出歯の女が
何か見て立つて居る。
あゝわかつた、あれだ
あの波に漂う瓜の皮を
凝と視詰めて笑つているのだ。

しづかな日だ、

夕日の鬚が雲に植はつて居る。
さびしい、そして
おごそかな
光の下、
女はたゞ笑つてる。

瓜の皮が
ぷい〳〵流れる、
女は何処迄も目をはなさないで
それを見て居る、
そしてにこ〳〵笑つてる。

をかしな女だ、
理由がわかりやしない。

沖縄　三念

〈四十一年十一月三日・第三十八巻第二号〉

行水や黄楊の小櫛の浮びたる
　原句「蒔絵の小櫛」
行水の湯こそあふれて流れたる
行水の跡に盥の輪形かな
　此作者より六月十五日発行俳句欄沖縄三念の作中「鯨汁海賊党を結びけり」以下三句は三念の句に非ずと申越されたり。因ては右三句作者のお名前を乞ふ
　　　　　　　　　　　　　沖縄　麦門冬
花葱に八日の月や夕明り
　博士の娘も通へかし
草花を鉢に培ふ姉妹
立ちながら杯を重ぬる濁酒哉
猿酒を盗みに行くや雲深く
　　　　　　　　　　　　　琉球　田原法馨
檀特の散る内殿や敷瓦
ひた〳〵と夜の潮や花火散る
秋の暮人はしたなく怒りけり

〈四十一年十一月十五日・第三十八巻第三号〉

○　　沖縄　摩文仁天来

火は蝋の油吸ふなり恙なき日のさまかくてわれ君とあり

雨だれの溜りにおちて大小の輪にきざまるゝ軒端の影よ

沖縄　紅梯梧

畑打や隣は遠き煙草の火

語るも大声

棕櫚の葉の戦ぐより夏近きかな

春の宵女に道を問はれけり

沖縄　三念

菜園の如露より露を結ぶなり

原句「露の結びけり」

墓二つありて淋しき芒かな

女馬士乗りて戻るや秋日和

秋暑き女芝居の楽屋かな

原句「部屋淋し」

鳴きもせで昼をのたくる蚯蚓かな
　それに似たる能書もある世ぞ
矢に作る竹を浸すや秋の水
新蕎麦の腹を月下に鼓きけり
　　　　　　　　　沖縄　麦門冬

草紅葉蔵と蔵との間かな
力石夜毎に蚯蚓透り鳴く
　原句「夜毎に移り」
芋の子の尻にしかれて鳴く蚯蚓
　　　　　　　　　沖縄　麦門冬

柳ちりて店鎖しけり姨が店
　　　　　　　　　沖縄　汀鳥

蜻蛉の多き夕や柳散る
　　　　　　　　　沖縄　紅梯梧

三日月のわずかに照りて雲の峯
　　　　　　　　　沖縄　三念

踊り子の独り帰るが哀れなり

月出でゝ芭蕉つゆけき葉毎かな

果樹園の朝を目白のあるきけり

沖縄　三念

隣室

若い二人は腹ばッて

駄菓子を食ひつゝ語ッてる。

甲が言ふ――

『旅籠銭はあるかしら』。

乙が答へる――

『なければどうでもする』。

『降らないだらう』と甲は起きなほる。

浦添蛙村

『屹度降るよ』と
乙は笑ッて居る。

甲は隣室の若い女を見なかッた。

〈四十一年十二月十五日・第三十八巻第四号〉

○　　　首里　浦添蛙村

わがさむき心の為めに衣をぬふ君がはがねの針をおそるゝ

沖縄　三念

猫の子の裾より出でし蒲団かな
石垣の草に来て鳴く小鳥かな

翁の昨今如何

十月の雨に親しむ寝酒かな

小宵に浮るゝ夢もなく候

十月や湯から戻れば日暮れたり
嫁入りの提灯うつる冬田かな
秋風に哲人點し給ひけり

雛僧の頭哀れむ秋の風

秋風や大飯くらふ寺男

朝寒の裏木戸開けて掃除かな

牛乳配りにも会釈して

朝寒の海ひろ〳〵と白帆かな

問、本年九月一日号に

南山を見る立膝の主人哉　麦門冬

原句下五「夏帽子」

とあり、御添削の儘ならば無季と見られ候が如何。

答、夏帽子が立膝するやうな文法故改めしが、自然に無季となり居るもをかし。尤も無季を忘るゝ程の興

あらば僕は満足なり諸君の感如何。

那覇　紫苑

山寺や芭蕉の闇に蚯蚓鳴く

二騎三騎落ち行く武者の夜寒かな

物売りの声遠ざかる夜寒哉

沖縄　麦門冬

まめ〱しく硯洗ふや小傾城
　聊か和歌もよみおぼえ
魂のぬくもりを出る蒲団かな
　原句「ぬくもり出づる」
頭巾脱いで故郷の山に別れけり
蛤になれず雀の飛びにけり
　原句「帰りけり」
海に入る勧学院の雀かな
落人の跡かぐ犬や枯野原
傾城に物ねだられし夜長かな
うそつきの唇薄き寒さ哉
　憎くやそれに紅つけて
梅干を碓つく庭の小春かな

四十一年になると、そのように多くの作品が『文庫』に投稿されていたばかりでなく、三十年代の表現者たちが、すぐに消えていったのにたいし、その活動の持続が目立つ。とりわけ俳句壇における麦門冬や三念の活動がそうであり、また、その意欲は、麦門冬の句の添削に関わる三念の「問」にも現れていよう。

摩文仁雨城、摩文仁天来は、同一人であろうか。摩文仁賢輔が、雨城や天来を号したのであろうか。それは、これからの調査をまたなければならないが、天来と蛙村は、短歌だけでなく詩も発表、同時期『文庫』の詩壇の特徴であったとはいえ、彼らもまたそれぞれに口語詩を試みていたことは、沖縄の表現者たちのなかで、先駆的な位置を占めるはずである。四十一年には、久高蛟月の「若き人」と題した小説もみられる。[10] これもまた、小説の登場としては、早い時期のものである。

四

明治四十一年には、短歌、俳句、詩、小説というように、それぞれの欄に、沖縄の表現者たちの作品が現れたが、その中心は、短歌欄から俳句欄に移っていた。俳句作者たちが、それだけ精力的に活動したということであるが、それは、四十二、三年になると、さらに目立ってくる。四十二年から四十三年までの掲載作品は次の通りである。

〈四十二年二月一日・第三十八巻第六号〉

沖縄　三念

馬車の馬代ふるや秋の山の口
湖に落ち入る瀧や秋の山
　原句「湖を落ち行く」
芋畠に尿すれば月出でにけり
　玉と欺け
磯山の砂吹く風も小春かな
菊切りて庭石に置く鋏かな
おそはれし夢より覚めぬ秋の蚊帳

沖縄　麦門冬

屁を放つて空々如たり冬籠
霜の夜を焼鳥すなる翁かな
　原句「焼鳥売の」
寒月に着る火鼠の裘
汲みこぼす水一条や冬の月

寒月に身をすぼめ行く女かな

雪鳴先生に

袋して髯を養ふ冬籠

否、疎髯唯数根、貴意を煩はすに足らず

船に乗す贄の乙女や枯柳

冬木立祠あらはに石寒し

〈四十二年三月一日・第三十九巻第一号〉

沖縄　麦門冬

石燕飛び来て落つる枯野かな

戸を開けて見れば去にけり鉢叩

骨太き田舎障子や冬構

油の波もにじみ勝ち

誰と知らで背中合せの雑魚寝かな

引あぐる雑魚寝の衆やほの〴〵と

沖縄　汀鳥

打水や書院の窓を開けて見る

海士が女や引上舟に蒲団干す
　模様と見しは小蟹共
月寒き四辻に来て別れけり
　原句「小路を出て」
残月や尾花ほうけて閧が原
　原句「時雨るゝや」

那覇　三念

植木屋の後に広き冬田哉
貝殻の山崩れたる冬田哉
　原句「土堤崩れたる」
小春田の泥蟹ありく日向哉
焼芋の湯気にぬれたる袂哉
　原句「煙にぬれし」
佐保姫の産湯より水や温みけん
　其産声は百千鳥
哂女の水温みしと言ひ合へり

鉄さます野鍛冶が水も温みけり
春浅き道士の髯の袋かな
凍る夜の腸石となりにけり

沖縄　紅梯梧

掃き掃きてこゝに掃き掃く落葉かな
頭巾せん天心の月寒ければ
原句「頭巾借らん」
馬で越す山又山の時雨かな
原句「山又の山時雨けり」
箸寒く仏の灯剪るしぐれ哉
慈顔やゝ凄く
堀り来ては土ぐるみ焼く芋の味
冬の野に狐火消えて上る月
原句「冬の山」

那覇　三念

傘の垣の外行く時雨哉

時雨るゝや犬這ひ上る堂の縁
朩の或る夜失せたり裘
孟嘗君は去りて久し
壟の山畑にくづれて時雨かな
原句「冬田かな」

〈四十二年四月一日・第三十九巻第二号〉
沖縄　紅梯梧

雑魚寝して雨に親しむ物語り
一堂の人たあいなや雑魚寝顔
雑魚寝してほのかに嬉し君が顔
残月有情
雑魚寝する人に吠え居る子犬哉
原句「人に吠えつく」
河豚鍋に追へども来るよ冬の蝿
原句「河豚の鍋に追へば去りけり」
沖縄　麦門冬

松の内を灯しつゞけて石燈籠
原句「灯しづゞけや」
女郎衆の艶書会せや松の内
原句「妓衆の」
水祝我が身の上の今年かな
さぞ御本望
菜畑水鳥のぼる朝かな

那覇　紫苑

日は暮れぬ月に上らん私の山
わびしさは毛布毛のなくなりにけり
原句上五「老車央の」
面白う風に巻かるゝ落葉かな
冬の月ガラス障子の青光り

沖縄　玉塵

長閑さに真帆一つ槁くゞりけり
原句「長閑さの」

檣に猿のぼりけり夏の月
　船も四国を巡り来て
秋の雲漠々として北しけり
蝶々の冷たき恋や草の露
　原句「今朝の露」
夜を寒き波鳴る果ての燈かな
　原句「夜や寒き」

沖縄　麦門冬

粥杖のどつと笑ふや打たれけん
打笑ひて粥杖隠し持つ君よ
　笑中剣あり否杖あり

沖縄　南邨

粥杖や妹は既にかくれけり

沖縄　麦門冬

交りは手毬を替へてつきにけり

沖縄　三念

石女のそれも打たるゝ粥木かな

原句「伯母も打たるゝ」

〈四十二年五月一日・第三十九巻第三号〉

○

沖縄　摩文仁亡羊

或る時は北極近き夜の国の氷山なでて寒き夢見る

君は恋にさぐりを入れていらへする我を信ぜぬ女なるかな

一片の雲青空のそこひなうまろらかなるに安からず浮く

つれ〳〵に与へしまでの接吻に君あさはかに涙見するや

日光を恐れずと言ふ色白き面を惜しみわが傘さしぬ

故しらず寒きをのゝき凍る夜を湯より出でたる心地こそすれ

首里　末吉襄哉

例の見る崕のくずれの上の家其の人ありと今日も見てゆく

沖縄　麦門冬

木蓮に春の簾を半ば巻く

供養すんで撞き出す鐘や夕桜

原歌「先づ撞く」

さを鹿の八つの角振り落しけり
蛇穴を窈窕として出づる哉
小人も君子も春の日永かな
　善も不善も午睡の中
鷲に崖高うして噴井かな
鶯や天の岩戸に谺して
　原句「岩戸の岩ひゞき」
野遊や火縄に焦げる春の草
泥の香をほのかに嬉し田螺汁
打果てゝ我が畑広く眺めけり
三畳に夕月さして梨の花
沖縄　麦門冬

湖近く住みて書楼の柳かな
鳳輦を拝する市の柳かな
　原句「市の柳蔭」
沖縄　三念

一渓のくされて流る落花かな

干竿を渡すゆるぎや梨の散る

囀りの中に棹さす小舟かな

原句「中より来る」

小島より一家乗り来る絵踏かな

天草を尻目に見て

沖縄　紅梯梧

嫁入の駕の簾や春の月

夜を啼く鶯もあらん

〈四十二年六月一日・第三十九巻第四号〉

○

沖縄　摩文仁　輔

このまゝに死ぬをよしとしこのまゝに生きむを憂ふ明日ある心地

寧ろわれ言はずしてある日を多く過しゝ昨を今はうらやむ

思ふ人にかくして恥ぢず君はかくなすを喜ぶ媚びのほゝゑみ

一語して忽ちわれを恋ふといふ女ならずば心たらはぬ

雨しぶく宵の小縁にたゝずみて君を思ひぬ葉柳の家

沖縄　煙波

春立つや俳三昧の硯箱
髪の風我まぬる下女出代りぬ
芝能や心もとなき脇の僧
　欠伸も耐らへ顔
芝能や寺の沙彌衆のねびまさり
末黒野に降るよと見れば消ゆる雪
墓地の昼竊かに鶏を合せけり

沖縄　麦門冬

照雨の中ゆく傘や冬木立
濠埋めて城あさましき枯木立
　原句「濠もなき」
獅子窟と扁額寒き御寺かな
　原句「青字哉」
送礼のきれ〳〵に行く冬田かな
　幡龍燈もちぎれがち

主従の犬具して出ず雪の門
荒原や寒月天に大いなり
雀子のいとこはとこもありぬべし
鞦韆に女教師のいとまあれや
　原句「家庭教師は」
遠乗の馬より下りて青を踏む
春の夜の絵物語や燭を剪る
　原句「燭朧」
鶏のつるみてのみぞ日の長き
菜の花に婿呼ぶ家や小酒盛
春寒う留守しておはす人の母
汐を待つ貝の欠びや春の風
畑打の煙草火惜む掌
将軍のもろはだ脱いで二日灸
　割腹よりは痛からず
鶯のなく空耳や雨の朝

沖縄　三念
鶯の屋根に来て鳴く雨上り
夏の日の室に人無き時計かな
　原句上五「春浅き」
焼けて行く野に二叉の小川かな
吾妹子の小さき咳や春寒し
　薬もいや御膳もいや

〈四十二年九月十五日・第四十巻第一号〉

沖縄　幽香
夕焼の町を斜に鳥渡る

沖縄　腰弁
渡り鳥朝つく鐘にみだれけり

沖縄　紫舟
渡り鳥一羽は松に止まりけり

沖縄　麦門冬
摘み残す煙草畑の小雨かな

裏畑や枯木の枝も掛煙草
粥杖に意趣ある君も来りけり
番小屋の夕寂しさや嫁が君
独り寝には名だけも懐かし

沖縄　南邨

蝶々や梅に余寒の羽づくろひ
南天の葉にさめ〳〵と春の雨
春寒う人元服す神の前
御秘蔵の鶏抱き来る小姓哉
鶏の垂尾美し木の芽垣
山仏焼けてふすぶりおはしけり
山焼くる今朝や匂ひの一しきり
燃え尽きて夕になりぬ山寒き

沖縄　麦門冬

〈四十二年十月二十五日・第四十巻第二号〉

沖縄　麦門冬

古雛の首ぐら〳〵と動き給ふ
爐塞ぎて疎々しさや老夫婦
家康も組する蛙合戦かな
　芭蕉翁もいづれにか
長閑さや大宮人の長尿
づか〳〵と小男出でゝ絵踏かな
狂女とて扶掖して来る絵踏かな
野遊や八重垣の妻見つけたり
城外にぬける泉や草萌ゆる
畑打の木に忘れたる茶瓶かな
　瓢の如く音もなし
山の人駕籠舁き馴れて霞かな
屋根草をしもべに取らす日永哉
摘み行けば摘み来る人や春の草
庫々の白きに柳青みけり
鶯の小さき枝をふみ馴れし

昼寝して彼岸の鐘や夢うつゝ

沖縄　麦門冬

釣床の揺るゝに人は寝入りけり

原句「揺るゝほどなく」

碁敵を迎えて涼し簟

すいと立つ竹一本や露重し

露の野に草刈りたまふ王子かな

来目部の小楯はまだ来ぬにや

木犀に玄関先の月夜かな

颪の葦物馴れ顔に行々子

風死して黒き林や三日の月

雷に鳥の飛び起つ林かな

原句「鳥あまた起つ」

〈四十二年十二月十五日・第四十巻四号〉

沖縄　麦門冬

衝入の人驚きぬ大鏡

猪の子の眠れぬ穴や草暗し
塩猪を苞にして山男かな
小夜更けて人のけはひや菊畑
沖縄　麦門冬

旅にして扇を置けば寂しやな
帰んなん里の妻々砧打っ
淵明は此情に乏し
長き夜は又古き夜や思ひ事
造語妙

〈四十三年三月十五日・第四十巻第七号〉
沖縄　麦門冬

炊き過ぎて三舎を避くる暖炉哉
子の咳の母に移りて春寒み
陵は雪にぬかづく人もなし
彦九郎も老ては寒く
寒食をとぼ〳〵戻る家路かな

寒食をつぶやいて居る小沙彌哉
寒食の壺覆へし何もなし
朝寒み薬罐の湯気の人に吹く
〈四十三年四月十五日・第四十巻第八号〉

沖縄　三念

西隣の藪切つて秋の声もなし
榻に臥せば秋声耳に静かなり
石山の石より秋の心かな
草の市虫籠提げて通りけり

風露満身

〈四十三年四月十五日・第四十巻第八号〉

○カラス会五句集（琉球　那覇）煙波報

笹鳴や法話のあとの茶の円居　楽山
笹鳴や陵地を劃すかなめ垣　煙波
笹鳴や竹籬に近き甘蔗畑　三念
棕梠の葉や鶯の子の辷り鳴く　同

〈四十三年六月十五日・第四十巻第十号〉

麦門冬

◎親梅に子梅つれ咲く日和かな

朝寒の水にひらめく小鰕かな

鳥尽きて我武淋しき案山子かな

四十二年には、まだ、第三十九巻第三号・四号に短歌の投稿が見られたが、四十三年になると、俳句のみになる。末吉襄哉は、多分麦門冬のもう一つのペンネームであろう。

五

『文庫』は、明治二十八年八月、『少年文庫』の後身として発刊され、明治四十三年八月終刊。通巻二四四冊に及ぶ「青少年の投稿雑誌」であった。

沖縄からの投稿が、最初に現れるのが明治二十八年十一月、そして最後に見られる投稿が明治四十三年六月。それで判るように、沖縄からの『文庫』への投稿は、発刊後間もなく始まり、終刊の年まで続いた。『文庫』の終刊は、そのことからしても、沖縄の投稿者にとって、大きな痛手であったに違いない。

岡保生は、『文庫』の創刊から終刊までの推移を次のように述べている。[11]

創刊当初の内容は、文庫記者による巻頭論文のほか論説を集めた「光風霽月」、紀行文を収めた「山紫水明」、小説、小品などの散文欄である「錦心繍腸」、和歌、俳句、漢詩欄の「鶯歌燕舞」、時評、雑報などを載せた「飛花落葉」という五部に分かれている。このころの記者は、「少年文庫」以来の螽湖、高瀬文淵のほかに、投書家出身の滝沢秋暁があり、第二号からは螽湖、文淵が去ってかわりに堺にいた河井酔茗が加わった。ついで五十嵐白蓮が越後から招かれて参加したが、まもなく家庭事情から秋暁が郷里の信濃に帰ったので、そのあと三〇年二月から横浜の小島烏水が記者となり、ひきつづいて三三年一月には仙台から上京した千葉亀雄が記者に加わった。酔茗、白蓮、烏水、江東千葉亀雄の四者が、記者としてもっとも長く在社した。「文庫」の全盛期を現出せしめたのは、この四名の力によるところが大きい。その後、江東は三六年末に去って、三七年には高須梅渓が記者となったが、在社は半年余にすぎず、ついで吉川衣水、松原至文らが短期間ながら記者となっている。こうして四〇年四月の第三四巻第二号まで、この体制で文庫派の特色を保ちつづけたのであるが、同年五月の第三号から加藤介春、三木露風、人見東明、相場御風ら早稲田詩社の人びとが編集陣に入って面目を一新したが、従来の詩風との関係もあって、かえってふるわず、四二年一二月号からは内藤鳴雪を中心とする俳句雑誌に変貌し、体裁も菊判の三、四十ページほどのものとなった。そして、四三年八月号をもって終刊するにいたったのである。

沖縄からの投稿は、短歌と俳句が多く、それはまた、『文庫』の推移と関係していたことが、岡の引用から判るが、岡によれば、「『文庫』の当代文壇への寄与という点からすれば、評論、紀行などの散文と、詩とが大きく、とくに詩がその最大のもの」であったという。

『文庫』を代表する詩人としては、北原白秋が、『明治大正詩史概説』の「新抒情詩壇の星座図」の章であげている河井酔茗、横瀬夜雨、伊良子清白らがいたし、又河井自身が「『文庫』の詩」であげている詩人たちがいて、いわゆる『文庫』派をつくり「文庫調」と呼ばれるような詩風を形作ったが、『文庫』派は、白秋によれば、「一の詩の新運動を期して結ばれた詩派といふでもなかつた。ただおのづからにして詩選者たる酔茗の周囲に集つた同好の青少年達の環状星雲に外ならぬ」ものであった。そのことについて日夏耿之介も「元来『文庫』派はエポックを作らなかつた。作りえなかつたのである。その集合は偶然の集合に近つた。酔、雨の静境が後進の目標となつたが、それとても時代の回転の動力となるものではなかつた」と書いていた。[12]

それは「投稿雑誌」であったことと関係しているかと思われるが、いずれにせよ、『文庫』の果たした役割は、「詩がその最大のもの」であった。

沖縄からの詩の投稿が見られるのは四十一年以降で、それは、いわゆる「文庫調」ではない。岡によれば、「明治四〇年五月号以後の変貌した『文庫』は、一言にしていえば、自然主義の時代思潮に呼応して、かつての文語定型詩から転じて口語自由詩を掲載し、また外国文学の翻訳、紹介にも紙面をさいて、従来見られなかった清新さが人目をひいた」というが、沖縄の投稿者も、さっそく「変貌」したのである。

『文庫』の「変貌」は、そのように沖縄の詩の投稿者をも「変貌」させたが、しかし、俳句に関していえば、四二年一二月号から『文庫』が、「内藤鳴雪を中心とする俳句雑誌に変貌」する前から、盛んに投稿している。それは、他でもなく、沖縄の俳句界が、活気に満ちていたことによるであろう。

河東碧梧桐が「大阪商船の招待で沖縄」に渡ったのは明治四十三年五月である。その時の紀行「続三千里」五月十五日の項に、碧梧桐は「土地の俳人の小集があるといふので、小湾といふ処へ連れられた。人は二十名ばかりも寄つてをる。日本俳句の質問が出るなど、草臥れてクタ〳〵につた身にも聊か快い。予の来るまでに作つたといふ句の中に、なか〳〵の新調がある。日の暮れる頃まで雑談をした」と書いていた。[13] 勿論これは、『文庫』が、廃刊になったあとのことであるが、四十一年から盛んになる『文庫』への俳句の投稿は、そういう「小集」が、四十一年以前からあった証拠であろう。

短歌や詩や小説の投稿者たちよりも、俳句の投稿者たちにとって『文庫』の終刊は、途轍も無く大きな痛手になったことは疑い得ない。もし、『文庫』が、さらに続いていたとしたら、碧梧桐を迎えた「小集」の句会の句も、当然『文庫』に投稿され、その「新調」を披露できたのではないかと思う。

注

1 「残暑」の歌は「地之部」、「秋夜虫」の歌は「人之部」に採られている。「残暑」の歌について、第一巻第六号の「文庫第五号の和歌を評す」（徳島県　文里）に「実際に差あると思ふなり」という評がみられる。〈三十年十月五日・第七巻　第二号〉にみられる「松映水」は、「山里生」となっているが、翠山であろう。「残著」は那覇、「秋夜虫」は沖縄となっているが、「深山花」以後は琉球で、出身地名を通している。

2 「十数首の内、たゞ此一首を取る、吾兄の欠点は、句のキレ〳〵にして、ゴツ〳〵になるにあり」との評がついている。

3 「離島の千鳥」は「地之部」、「沖縄の松」は「人之部」。「沖縄の松」には「これは三十一文字の議論といふべし」の評がついている。

4 清水橘村。「清水橘村の名は明治時代に知られてゐたのだが、大正期になつて全然詩から遠ざかつたので次第に忘れるやうになつた。『文庫』では三十一年頃から可なりに多作の方であつた。氏には『筑波紫』『野人』その他一二の詩集がある」と『『文庫』の詩』に河井酔茗が書いている。「芭蕉の露」は、明治三十三年二月十五日刊『新声』第三篇第二号にも「芭蕉の風」で掲載されている。

「芭蕉の露」には、「夜がくれ」は夕暮なり。「諸鈍」は地名なり。というように多くの注が付されている。また酔茗の「異りたる材料なれども、惜むらくは融和の調を欠けるならん、詩は詩として琉球歌に別に一首なり二首なり原作のまゝ挿みし方、穏にして趣味を損せざりにしと思へど奈何」の評がみられる。

5 はまのやは、伊波普猷のペンネーム。

6 明治三十二年三月、五月、六月、七月、十一月『学窓余談』に、岩野泡鳴の「宮古島もの語—嘉播の親—」が掲載されているが、それは、宮古に伝わる伝承を取り入れたものである。

7 欠号による。

8 服部躬治の選評。

9 「吾胸の牢屋の中に『名』とよびて涙奪ひし罪の子のあり／花と笑み花と泣きし口詩と笑ひ詩と泣きし日の多き若人」（浦添阿村）、「山を廻り湖越えて鐘の音は花咲く村の乙女が胸へ」（伊志嶺幽泉）、「秋の霧灰色なせる松林ほの見ゆる家に鶏鳴くも」（小橋川孤舟）は、同じ号に掲載されているが、複写の際に巻号の記載をしてなく、発表年月日不明。三十九年十一月号から四十年二月号にかけてのいずれかに発表されたものかと思う。四十年の一月号か二月号であれば、酔仙の他にもあるということになる。

10 巻号不明。複写の際の巻号の記入を欠いたためである。

11 日本近代文学館篇『日本近代文学大事典　第五巻新聞・雑誌』「文庫」の項。

12 『改訂増補　明治大正詩史　巻ノ上』。日夏は、「『文庫』は詩歌のみを対象としたのでない。小説家の小手調べともなり、戯曲の試作場ともなり、一般的に文壇に功名心ある少年の筆戦場にすぎなかつたので、文庫の詩が明星ほど集団的意義を欠いてゐたのもこの所因に基くものである」と、頭注している。

13 山本健吉編『高浜虚子　河東碧梧桐集』明治文学全集56所収。五月十四日から五月十八日まで沖縄で書かれている。

2 『明星』と沖縄の投稿者たち

一

『明星』に、沖縄出身者の名前が現れるのは明治三十八年七月一日発刊、巳年第六号からである。※

この日　　　　末吉詩華

君うつくしく幸ありと、
おもへば魂はくづる、に、
なまじひ罪は負ひつ、も、
君は死にきと眼を閉ぢて、
瘦せたる胸を撫づるなり。

もとより心いつはらぬ
ふたりが恋のくちつけは、
法の父上母うへの
御国にゆりぬ、君はいま
むくろぞひとに委ねけめ。

されども君は人妻と、
整ひきよき妻がさね、
われ喉咽ぶえは裂きもすれ、
沸ぎる鉛は啣むとも、
えやは呼ぶべきわがつまと。

はげしく痛き胸おさへ、
あ、静蔭の夜半の戸に、
いとあたらしき朽琴と、
くづをれ凭りて闇ふかく、

君は死にきと弔ふよ。

詩華は、同号に詩だけを発表していたのではない。次のような短歌も、また発表している。

死にて今彼の天国の門入ると君たひらかに讃じ得べきか
末吉詩華

『明星』に発表された詩華名の短歌は、多分この一首である。彼は、その後、精力的に詩だけを発表していく。

〈三十八年八月一日・巳年第八号〉

信姫
末吉詩華

君が家はそもいづこか。
大み慈悲の御使女—
「光明」皇子のいもうと、
「信」姫に懸想しぬ。
はつ夏のあさぼらけ、
薔薇いろ雲の花やぎ

天そそり、吹く風に
妙なる香をも浮ぶるや、
いづこと教へよ、姫がありか。

黒檀の森わけて、
白檀の峰越えて、
菱の葉うかべる沼にし
杖すすぐ阿闍黎に問ひ、
苔の花さく古井に
阿伽を掬む尼に問へど、
怪しみがほの答へに、
「知らでや」と過ぎぬれば、
脚絆ぞあだに破れ朽つる。

ありか教へよ『信』姫
君ならで誰につげむ、

年長う真暗の
深淵に醸みし清浄、
敬虔のあはれ恋。
人の世馴れぬ子なれば
足悩みがちの旅路や、
しばしは君が御膝に
帰依の額をうづめしめよ。

あな憂や、呼べど呼べと
山彦の音色さびて、
名もしらぬ朽木に
いまはた夕日落つるや、
わづらひの蓑おびえに
逆だちて身ぶるひぬ、
この世はなれしきよらの

恋や、情や、理想や、
斎かむ日をし我は憂ふ。

形なき実相を
恋ふるわが性なれば、
隠るる姫を、たゆまじ、
泣かでしもたづねなむ。
見よかなた、夢のごと
天華さく遠の雲、
我霊勇めよ、遍照の
光のうちに、大み慈悲の
姫が栄えの国ぞ見ゆる。

〈三十八年十二月四日・巳年第十二号〉

末吉安持

如是

凶会日は凶会日と見て
病めるもの衰へしもの、
床の上にすなほに僵れ、
瓶の身は砕けてちりて、
滅亡に入らむ。

床の上に破れぬ、花瓶、
されどそが『こゝろ』は如何に、
すなほにと云へど、やさしき
砕けにはあらず、はげしく
叫ぶを聞きぬ。

人の子は瓶にもあらず、
運命は運命と観て、
秋のくれ、死ぬるといふ夜、
ほのかなる燭の火かげに、

題目をこそ―

蠟燭はかすかに音し、
黄ばむ火は寒げに揺れぬ、
刻々に面がはりゆく
あ、死相――刹那よ黒く、
つくは呻吟。

破瓶を画師うち抱き、
死人を法師みちびき、
秋の野へ、葬りの途に、
また聞きぬ、見ぬ、黒牛の
これも呻吟。

詩華のペンネームを捨て、以後安持の本名を使うようになるが、その理由は、はっきりしない。
〈三十九年一月一日・午年第一号〉

寂寞

末吉安持

たとふれば戦ひ果てぬ、
日は暮れて二時を経ぬ、
なまぐさき荒野の中に
雙の眼を弾丸に射られて
なほ黒き呻吟をしのび、
よこたはる負傷の兵の
勇しきわかき心に、
秘めつゝむ苦痛遂に
鈍色の寂寞の気を
吸ふがごと嗚呼われこゝに。

くらがりの冷えたる室に
ひとり居ておもひ沈めば、
空想は蝶螺の殻の

底つ闇たどるがごとく、
鬱憂ははた南蛮の
夜深き荒磯の上に
鋭き銛を腮にうけて
横はる粗膚鮫の
断末魔──濁りゆく眼に
無辺なる闇を見るごと。

愛消えし人の心は
霜の夜の渚の泥に
まみれたる寄居蟹の殻の
冷やかに凍れるごとし、
土色にはた青銅の
巨鐘の銹のやうなる
寂寞の五百重のなかに
一瞬も千とせのおもひ、

あゝかゝる日の凶時に
人は死に、花は萎れめ。

〈三十九年三月三日・午年第三号〉

騎士と姫

末吉安持

春の弥生の夜は仄に
天地ひくゝ垂れあひて、
情のにほひいちめんに
おぼろおぼろの花ぐもり、
精舎の壁の地獄絵も
温き霞を纏ふらん。

森の木立の月かげを
避けて、まぶかき黒鉄の
甲に、なほも色白の

面凜々しく、瑠璃青の
瞳きよげに、花ぐさを
わけつゝしのぶ騎士ひとり。

「たそがれがたの戦闘に
十騎の敵を殺したれ、
胸にさしたる紅薔薇
二輪色濃くちりもせず、
西の丘なる陣指すと、
悠に見かへる敵の城。

時しもあれや、矢は一つ、
空鳴りしつつ、ひとばかり。
鎧の袖に触れて落つ。
赤き塗り矢の根のかたに
如何なる人のざれわざぞ、

にくき文こそ結びたれ。

『貪るものにこの穢土は
あはれみ給へ、将軍よ、
少女が胸のなさけには
国土、山河も何ならむ。』
とばかり読むも短檠の
火かげまばゆくおぼえしか。

まだ我が知らぬ酔ひごこち、
こは夢かとて立ちよれば、
壁に懸けたる我が盾に、
うつれる影は怨敵の
かなたの王の一つの姫
乱れし髪の臈たしや。

癡け果てじと投げぬれば、
盾は音して砕けたり。
第二の盾を手にとりて
見ればここにも不思議さよ、
うつれる姫は浮足に
わが前にしも身を投げて
よゝとばかりに縋り泣く。

『あゝよし、さらば天地も
有情温みの春の夜の
花のくもりに溶け去りて
一如無相の海となれ、
愛の御竈に、姫が手に、
いまぞ楽しき罪を得む。』

城の濠なる切岸も

夢の心地にくゞり来て、
瞳すかせば、木がくれに
さやさやとなる衣摺や、
姫は荒磯のこほろぎの
藻によるごとくすがりけり。

花の木の間にうぐひすは
夢の世をしも歌ひたり。
蜜の如くにやはらかき
うまし二人のくちづけよ、
あゝ怨敵と怨敵は
天と歴史を無みしつる。

『青史の帙に御座する
神もいまさば、などてこの
戦闘あらぬ初めより、

怨恨をむすぶ敵軍に、
かゝるくしびの力もつ
姫ありとしも告げざりし。』

『みゆるしたまへ、父の王、
汝がいとし子の魂の花
咲きくゆりぬる功徳ゆゑ、
明日より後のたゝかひに
王が馬蹄は十国の
土を隈なく印しなむ。』

『王よ與へむ、天が下、
汝が利心の飽くまゝに、
血汐に餓うる戈さきを、
十国の城に、百国の
民の頭に、柔らかう

口づけさせて、取り統べよ。」

『国の王者にあらずとも、
かゝる雄々しき恋人は
真の人ぞ、あゝ今は
われも真の人の妻。』
二人をめぐるそよ風は
百千の花の香を吹きぬ。

〈三十九年七月一日・午年第七号〉

哀音

末吉安持

汽車の窓にて

夏の日の午さがり、
我が汽車は物憂げに

黒き煙を息吹きつゝ、
炎天の東海道を西へ馳す。
世ゆゑ、はたわれからの
黒熱に膿み爛れ
灰汁の洪水に胸底の
政の廳を失ひし
病人なれば、天地の
眺望ことごと灰濁みて、
あゝうたてしや、ひたぶるに、涙ぞ落つる。
乗合は背と背
肩犇々とすりあひね。
近江を過ぎて京ちかき
山科や、竹の人日に、
鬱憂のこゝろは重く、
倦じ疲れたる目はひと目
線路の砂──あゝこの時、

胸はまた膿みて潰れぬ。
見よ、鉄道の枕木は、
癒ゆべからざる病人の
素枯れはてたる肋骨なり。
と見る、また我が乗る汽車は
痩せて細れる肋骨を
毒ある牙に噛みてゆく
黒蛇よ、あゝ死の使ひ。——
『無明』の子なる病人は、
をさな心にいとせめて
垂乳根の膝まくら
しばし安睡の夢見むと、
指す故郷の琉球は
五百里さかる海の島、
われを載せたる黒蛇は
勢ひ猛に、こは如何に、

その故郷も行過ぎつ、
右に横たふ山脈は
はや冥府の国、血に染めし
硫黄の池も近づくよ、
あなゆるせやと唸き伏し、
やゝありて我にかへれば、
京は水無月、祇園会の
空うつくしき星月夜、
我が汽車はしづしづと
涙さしぐむ哀音の
汽笛して七條出でぬ。

悪夢

こは悪夢、あ、神よ、
夢はふたたび見せざれな、
われには斯かる嫉み無し、

貴に臈たきをみなごは
あまたの人に思はれよ。
かく思ひ、わかるゝ日、
笑みやはらかに、君が手を
握りつゝ拝しけり。

かさぬ宿

五里の青野に行き暮れて、
山下街の片門に、
いかで一夜の宿乞ふと
都のなまり、——うらわかき
学生づれの七人は
手にこそしたれ、百合の花。

家の下部か、老い屈み、
嗄れごゑに、竹箒

とる手とどめて物いへば、
二室へだてし簾障子の
奥に乳母よぶ――こは人の
百合の花なる白き影。

親なき君をいつく家の
あなあやにくと、しとやかに
乳母はいなみぬ。よし、さらば、
そのあえかなる君祝ひ
捧ぐと與行き過ぎぬ、
七人の手の百合の花。

夕

直らぬ病、身は痩せぬ。
思へる仲も、今日よりか、
明日か、君には厭はれむ。

かく思ふとき日は暮れて、
こほろぎすだく磯際の
破れし船に泣き伏しぬ。
〈三十九年九月一日・午年第九号〉

夏の日

末吉安持

真夏の午の片日向、
苔すこし泥ばみ青む捨石に、
鳩酢草は呼吸細う雫に濕ひ
実を持ちぬ、かつ喘息ぎつゝ。

そのかみ誰れに小さなる
性は得て、また誰恋ひて、その熟実
かつこぼし、かつ夜を待ちて。
いづ方へ精進の魂ぞ。

鳩酢草はえも知らず、
捨石に。――小雨のあとの風いきれ、
木々みな死ぬと泣く庭に、ひとり静に
おほどかに夢に入るさま。

蚊帳を透れる名香に、
手枕も頬もひた痩せて病める身の
予は横臥しぬ。心こそ、鳩酢草の
魂にさながら似たれ。

風また薫り小雨しぬ。
鳩酢草も、予も一日
天地に幸福ありき。

茴　香

なが月下浣の日のゆふべ、

山下岩根垂る水の
玉のしづくに核ぐみて、
かつ熟みこぽし、斎ひつゝ、
風に額づく茴香の
あゝ姉妹の二もとよ。

化石もすらむ秋の木は
骨立ち強に呼吸つまり、
天つ御法のおん宣告に、
拗ねては、櫨も葉こそ縒れ、
孕婦ながら茴香は
優婆夷か、悩む色もなし。

伴にはぐれし赤蟻の
飢ゑて足悩ゆむ濕り地に、
憐み顔のおとどひは

茎も軟らに額づきて、
手弱腕にそと乗せつ、
弘誓もさこそ、あゝ茴香。
〈三十九年十一月一日・午年第十一号〉

坂

末吉安持

神無月、日は淡々と
夕ぐれの雲ににほへば、
眼路ひくき彼方に薄れ
あはれなる遠樹ぞ見ゆる。
畔をゆく斑の牛と
黄牛は声も慵く、
今は皆刑の場に
皮剥がれ紅く伏しなむ、
かく思ひ定めし如く
とぼとぼと霧にまぎれぬ。

素枯野のあなた、沼尻の、
荻すすき折れ伏す所、
ああ如何に髑髏を洗ふ
冬の水音して落ちむ。
ひえひえと身に泌む寒さ、
われは今いづこ歩むや、
ふと思ふ、ああ人の世も
ここにして終極にかあらむ。
下り坂をぐらくなりて
見るかぎり煙うづまく。

〈四十年一月一日・未年第一号〉

霜夜

末吉安持

夜はくだつ十一時、
霜さむく、圧しくる闇の気の凍に、

舞ひ疲れては黄塵も
しくしくと泣き濕り、
詫寝すらし。
色褪めし達摩像、
はた古りし徳利のやうに、つくねんと、
屑本のちりばふ中に
頸ほそう客を待つ
男女。

煤けたる帆木綿に
一品と文字も寂しく、灯は曇り、
皿道具鳴る中へ、つと、
忍びよる黒き物—
巡査なりき。

火の番の拍子木の

後方より「鍋焼うどん」、また来るは、
よきこゑの「恋の辻占、」
鮭さげて小走りの
町の若衆。

炭俵、はた薪か、
河岸遠く、をりから物の落つる音、
犬の声、さはれ五分時。
濁水は音もなく
西へ流る。

〈四十年一月一日・未年第三号〉

ねたみ　　末吉安持

つぶやきぬ。
『ああうたて「夢」を飾りし世の宝

手玉も、花も、薫陸も
有りのことごと朽ちはてぬ、
あはれ死なまし。』

またうめく。
「ああうたて、恋も、まことも、愛楽も
蒼蝿羽ならし飛びめぐる
腐肉にまとふ温気のみ。」
ほと息づかひ。
けしきばみ、
『男子とはたをやの髪の一一に
憑りては移る風病ぞ。』
つと見ゆ、青きまなじりの
さびしき『ねたみ。』

末吉安持は、四十年二月十七日、二十一歳で死亡。四月一日発行、未年第四号に與謝野寛は、彼の死を悼んで「故末吉安持」を書く。

氏は二月の九日に芸苑社の講演を聴いて飯田町の下宿に帰つたが、翌十日の午前三時頃、どうしたはづみか、机上の洋燈が落ち掛り、全身三分の二を火傷して人事不省となり、同家の友人に送られて神保院と云ふ病院に入院した。医師は種々の治術を施したが、立会つた友人等は皆な目を掩うて之を見るに忍びなかつた。三日の後、氏は仰臥の儘身じろぎの成らぬに拘らず非常に元気を回復したが、併し医師は其れを却て危険なる兆候だと云つた。

果して十六日の夜から昏睡に陥り、十七日の午前五時終に不帰の人と成つた。享年二十一。このうら若い、将来のある詩人を、突然と過失のために、斯かる悲惨な最期に終らしめたのは、痛歎至極、何と慰むる言葉も無い。

末吉安持の死は、そのように全く不慮の死で、與謝野が嘆じたごとく「痛歎至極」としか言いようのないものであった。

末吉の夭逝は、不慮の事故であったと言えるであろうが、その詩は、どういう訳か、常に死の影が濃く漂っていた。それは、彼の生前に発表された最後の詩篇「ねたみ」の一行「あはれ死なまし」だけでなく、『明星』初登場を飾った短歌も詩篇「この日」もやはり死を歌っていた。勿論、そこから彼の夭逝を、彼はすでに予測していたということはできないが、彼の作品に偏在する「死」は、異様である。

安持の死は、あまりに若すぎる死であった。そしてそれは、『明星』にとってはともかく、沖縄にとっては大きな損失であった。彼の『明星』での活躍が、どれだけ大きな刺激を沖縄の文学青年たちに与えていたか計り知れないからである。

未年第四号には、與謝野と共に山城正忠が、やはり追悼文を書いているが、そこにつぎのような一文が見える。


兵営を出て明日帰郷すると云ふ晩、神田の或る本屋の店頭で『天鼓』といふ雑誌を見た。何心なく披いて見ると、末吉詩花として「平和の歌」（たしかさうであつたとおもふ）といふ新体詩が出てゐるので急になつかしい思がした。併し尋ねるにも君の下宿が分らないから、終に其儘逢はずに帰国して了つたのは、今から思ふと実に遺憾である。

それから僕が琉球に帰つて、初めて末吉君は近来『明星』に筆を執つて居るといふことを聞いて、愈々素志の如くやり出したなと、密に氏の努力を羨んだ。


正忠も、早くから中央の雑誌に投稿していた一人である。また末吉の死後、新詩社同人となり

『明星』で活躍することになるが、彼を含め沖縄で詩歌に熱をあげていた者たちは、正忠同様「密に氏の努力を羨んだ」だけでなく、仰ぎみたはずである。

二

「明星」未年第五号は、末吉安持の遺稿を掲載している。

わが画

故末吉安持

思はずも筆はしり
忽ちに画は成りぬ。
この時に涙ぞくだる。われながら
芸の力に泣きぬるか。
きと見れば、あさましや、
をののきに眼ぞ眩む。
むくつけき斑の獣尾を曳きて

面には君をゑがきたり。

やがて画は炉の中に
燃えながら且つ泣きぬ。
ああされど、偽らざりき、わが心
思ふはげにも然なりける。

『明星』に現れた末吉安持の最後の詩である。安持死後、『明星』で活躍するのが山城正忠である。

〈四十年九月一日・未年第九号〉

山城正忠

礼知らす南蛮の子は帝ます都に入りぬ黒き額して（東京に上りて）
わがこころ鈍なる土のさびしさにゐて猶罌粟の紅きを思ふ
時々に仇のごとく憎みつつ猶君にゆくわが火のこころ
この心うつろの闇に闖入すくさりはなれし獣の如く
亡びにし恋をなげきぬあわもりのにほひするどき甕に肱して

〈東京に上りて〉の歌は、挨拶の歌とでもいえるが、正忠は、千々に乱れる「こころ」を歌って登場。「あわもり」の語が歌にあらわれてくるのは、正忠あたりからではなかろうかと思うが、正忠は、酒の歌をよくした。

〈四十年十月一日・未年第十号〉

田里維章

夕雲はけがれたる世を焼くべしと火をこそ投ぐれ甍のうへに

人二百鯨を獲つとほこりかに櫂こそあぐれ海をこがす日

〈四十年十一月一日・未年第十一号〉

山城正忠

妖は魚のすがたす血の色に大海やけて入日さす時

黒き帆は死の海をゆく青き島までほになりぬわが心泣く

うつし身を焼けや加具士さらに又わがかなしみを砕けいかづち

まぼろしよはたかりそめの夢の華さこそは思へ忘れかねつも

南国の海に得て又うしなひし命の真珠いづち尋ねむ

凶会日かわれ死を思ふ疑ひに居て猶君がにほふ頬おもふ

わが死をみちびくと来る鬼のむれ中にわすれぬおもかげの人

西ゆ吹く海の朝かぜみなさけの息やこもると病む窓に吸ふ

未年第十二号に「荒男どもえやいごゑしていと大き鱶を肩にし白き洲を来ぬ」一首を発表した上間正美は、沖縄の出身であろうか。そのような柄の大きい、歌の傾向からして正美を、上間正雄のペンネームととるのは難しい。また、正雄が、鉄幹・晶子をむやみに讃美する沖縄出身の、安持、正忠以後の「明星」派を、にがにがしく思っていたことから『明星』に投稿したようにも思えない。しかし、出発当初の正雄は、どうであったろうか。いずれにせよ、上間が沖縄に多い名字であることからして、正美の歌は、沖縄からの投稿と見てさしつかえないだろう。

〈四十一年一月一日・申年第一号〉

山城正忠

君を見てこころ足らはず切にわれ吸はむと欲りすあまき唇
かたくなの君が心を射て取ると石にわが磨ぐしろがねの銛
我を巻く火の蔓あまた紫の色して燃えぬ悪の一日
牢獄めくつめたき室屋うたがひの黒き鎖につながれて泣く
夜の胞は生みぬまだらのむくつけき疑の子の蛇の如きを
失ひし青きひとみの舵を無み東を西になして我ゆく

千百の酒甕ならぶ窖のなかに我名を石にきざまむ
彗星は恋人のごとわが眼路を黒髪ながく引きて空ゆく
酒倉の中にうもれて君がこゑ聞かじとすれど猶も能はず
黄牛と屠人の庭に今うめくわれも死なむぞ君と別れて
くろがねの扉の色にあめつちは今しも暮れて大畏怖きたる
日に刻に腐れ饐えゆく愛の果をよろこびて食む凶鳥の群

渡久山水鳴

春の夜や友禅きたる少女たち中のひとりを木の花と見る

山城正忠

〈四十一年二月一日・申年第二号〉

救はむにはかりごと無しくろがねの戸により恋をかいまみて泣く
天地の裂けて亡びむ日はありや此わが涙その日かわかむ
この心あつれかわきぬ薬にはあまき雫をもてこくちびる
春の雨君のなみだのしづくすと聞くに病む身ぞ死を怖るる
くるほしく我胸さわぐ空晴れて事なき日にも君おもふゆゑ

山城正忠

熱を病む君くろ髪も火のごとく燃ゆるといひておどろかします

山城正忠

たそやわが心の海を攪き乱す君が目に見るくろ髪の人

南蛮のみくだもの積み赤き帆の船来とまうす海見のやぐら

〈四十年三月一日・中年第三号〉

山城正忠

くろがねの鉄鎖の音におのづから心のまなこ駭きてあく

疲れたる眼は地獄絵の巷見ぬ酒ゆ心のさむる刹那に

あざれたる世を見たまふに御瞳のあまり清しと閉ぢぬ静かに（故玉野花子の君をしのびて）

歌あまた花ともえたるおん胸はひと日に冷えぬ哀しからずや（同上）

君恋ふと告げ得るまでに我猛き心を神よ賜へと祈る

わが胸の玉のとびらの火の鍵をゆるししものを君をすてて去る

夢ごこち君にゆくべき一すぢの路ほの白し百合の花さく

かたゐ見るつめたき眼もて艶女等は再びわれを顧みて去る

灰色の砂漠のなかに罌粟の花あかきを求めわれ呻びゆく

まじの火はまたたくひまに香木の恋の宮居を名残なく焼く

今はただ海に沈まむ地にしては行く方もなし君と別れて
みひとみに入らぬが如しわれといふちひさき蝶をみとめたまはず
よろこびて曲をかなでぬ琴一つ白きをゆびの紅のにほひに
あめつちの数ある玉のなかにして二つを擇りぬ御瞳といふ

同号に「われを食むましろき牙に夢さめぬ夜半にをののく罪びとのごと」一首がとられている
西平守亮は、西平野の守と同一人か。

渡久山水鳴

きりぎりす啼けな夜すがらわがためにつれなき君が心とくまで

渡久山水鳴は、『沖縄毎日新聞』記者。亘生の号でも活躍するが、若くして死んだ。

〈四十一年四月一日・申年第四号〉

山城正忠

饗せむにはがねの針をのめやとてつれなし人はわれにせまりぬ
わが目路をさへぎる影は天地にただ一つあり黒髪の森
大地軸折れよとほりすたらちねのすめる島根も君しなければ

反逆の火ははなたれぬ怖ろしき炎の中に白き壁みゆ

『夜も昼もわかず何をか君うめく』『恋しき人をうばはれしゆゑ』

君恋ふるこのわが眼地獄なる鬼の爪もていざゑぐりとれ

劫の風うづまき荒れよ恋人をとりてかくれし鬼のすみかに

ただ二尺へだつるなかにおそろしき棘の木をもて垣は結はれぬ

恋人よ何かおそるる咎ふらく君をめぐれる焔をば見て

あめつちをうらみ申さむ君が手ゆ玉をぬすみし神はいづこぞ（平野万里の君へ）

うきこともなべてわすれぬ君にこそ二十四時をわれめでにけれ

みづからもあさましと見ぬわがこころすべてくもりぬすくふすべなし

田里鳥江

花さきぬよき衣して見に来よと告げなむ若き鳥の少女に

田里鳥江は、田里維章のペンネームであろうか。

〈四十一年五月一日・申年第五号〉

山城正忠

しづかなるおもひもやがて乱れゆくそのみひとみを思ひてあれば

あさましくわが目は盲ひぬ曲りたることわりにのみおのづからあく
卒土の子おどろきの眼に見かへりぬさくらかざして行く女づれ
わかきわがなさけを君はよろこばずきたなき恋の談にぞ入る
大破滅きたれとねがふあめつちよ君見ぬ日のみありて甲斐なし
あめつちに何をか擇ぶためらはで答ふ少女のあかき唇

山城正忠

赤き珠高くかかりぬ港口水平線の見えわかぬとき
手にふれておそろしかりき心臓を破らむとするたかき脈拍
浪たかくその船をのめわれを捨て逃れむとする少女の乗れば

〈四十一年六月一日・申年第六号〉

山城正忠

つねにわれ囚人のこころもてただにぞ愛づるなげかひの歌
白薔薇いとどかをりぬ夕されば恋ふる心のまさる知るらむ
死ねよともいふばかりなるつれなさをなほもよろこぶ若き歌びと
とこしへに君をわすれむかくいひて常のさまにもわかれつるかな
とこやみの劫初の空ゆうまれこしすべてのものを奪へ常闇

恋人の黒髪こそはおそろしき火のくさりとも知らでふれけれ

まがれるをまがれるままに安んじて行くわれうづむ火の窖を掘れ

ふるさとは琉球といふあわもりのうましよき国少女はたよし

（裁仁王殿下の薨去あらせられし時）

かしこくも土のうつろに人皆のためしのごとくうづめまつりぬ

わがなやみ全くわすれむすべ二つ君をし得ずばさらば死なまし

蝮をばをとめと思ひあやまりて甘しと吸ひぬ毒の唇

あな苦しおそろし恋の火の室はふたたびのぼるきざはしを見ず

西平守亮

太陽の中に入らむと君が手に抱かれながら飛ぶを思へる

山城正忠

君が火を味ふとしも若きわれ黄金の蛾は羽根ならし飛ぶ

山城酔仙

はてしらぬ野中にひらく青き花大馬に乗りとらむとぞ行く

真栄平静子

ほととぎす高河こえてわがせこの馬のつまづく夜の山に啼け

底しらず水をたたへし青淵の断崖にたち思ひなやむ日
　　　　　　　　　　　　　　　　　山城酔仙
ああわが胸水のしづくのひびきして安寝しがたし人をおもへば
　　　　　　　　　　　　　　　　　真栄平静子
吸ひて今山の清水を思ひにき清き少女のしら玉の指
　　　　　　　　　　　　　　　　　西平守亮
古鏡母いましける春秋をさながらにして清らかに照る
　　　　　　　　　　　　　　　　　亀川山水
磯ゆけば君を思へるわが胸をなぐさめて吹く夕浪の風
　　　　　　　　　　　　　　　　　與座海音

酔仙は、正忠の別号であろうか。山城姓は、必ずしも沖縄だけにある姓といえないが、多い姓ではあろう。西平もそうである。真栄平、亀川も沖縄に見られる姓であるということで上げておいた。與座海音は、沖縄で活躍した歌人である。

〈四十一年七月一日・申年第七号〉
　　　　　　　　　　　　　　　　　山城正忠

おのづから昏睡に入るみくすりのあまりにつよし君が肌の香
大空に遠雷す思へども甲斐なき恋をまたおもふ時
ああさびし君が森をば出でしとき再びわれは泡盛をよぶ
里眼鏡しばらく外せいな恋にあざれたる世を見る眼つかれぬ
計略なしとなげくやおろかなる子よ汝がまへの死の鍵をとれ
ことわりをよく知るわれと泡盛に乱れ酔ひたる我と争ふ
われは見るわが怖れざる極悪のわが名を黒き石のおもてに
はしけやしわかきいらつめまがつみもよしと欲れこそ君擇びけれ

（登美子の君の病み給ふと聞きて）

ただ一語うき人の名を磯づたひ海に拾ひし貝のみに告ぐ
あきらかにわが死の相を恋人のひとみのなかにおどろきて見る
あわもりに心労れき楽欲の市にも倦みぬまたいづち行く

〈四十一年八月十一日・中年第八号〉

山城正忠

あまの子もいまだ拾はぬしら珠のかくされてあるみ胸とおもふ
月の海われふねやらむむらさきの春のうしほのながるるなかを

わがこころこがねしろがねもろもろのおもひの色のゆきかふを見る
朝夕あくまで君のしらたまのみてとりまきてあらむとぞおもふ
なつかしきはだへのかをりするものと柑子の雨にぬれてわれゆく
わだつみの国にゅかまし海松房をくろかみにまく少女もあらむ
北のはてこほりの海も我ゆかむ磁石の針のゆびさすところ
伽羅すこしたけばかをりぬ春の夜はいみじかりけり我と君とに
とこなめの緑のいしのきざはしをたま手とりまきわれのぼらまし
はなだいろのとよはたぐものくづれゆく空のあなたに母まつらむか
みるぶさや玉藻かりほす南蛮のうらをしぞおもふ煤のみやこに
わがのれるたななし小舟ながれゆくゆくへもしらず妹もあらなく
たまぐしもうとましさては黒髪もきみにあはずてみだれにしまま
あざけりのひとみをあげてくろ髪に伽羅たくやからわがまへをすぐ
夜の海やうやくあけぬくれなゐのおほひなる花ひらくがごとく
わがごときにぶき輩にふさはしとするどき酒をここだすすりぬ
あやめ雲あやめのごとく咲くところやまのかなたにいもまつらむか
ほこり立つ路のまなかを泡盛のしづくにぬれてあやうくたどる

みだれがみ手にとりまけば薔薇いろの霞こめたりわが家のあたり
あやまちぬ再びかかる泥色のこひのふちには沈むべきやは
さとき子はおろかなる子をいざなひてさびしき路をこまなめてゆく
甘き実をもとむる君は甘き実のなきゆゑをもてわが森を去る
おもふ子としからざる子のいくたりのなかにまじりて吾ありぬべし
いかのぼりあげてあそべる児供等がなかにまじりてさびしさを消す

與那原良毀

泣く知らずはた笑む知らぬ石をわれうらやむ君にそむかれてより

〈四十一年十月十一日・申年第十号〉

山城酔仙

ふた親の名も空しかれおのれまづ恋ふらくはよしもゆる若さに
あやめの葉みづみづしきはむかしわが枕きてめでにし妹が髪かも
わかき日のあこがれもよしことわりのよしとあしきとすべて分かなく
あなあやしかたきの如くにくめども妹がまなざし忘れかねつも
わがこころやうやくさびし我が前にあるべかりける人しあらねば

酔仙の四首目「あなあやしかたきの如くにくめども妹がまなざしわすれかねつも」は、未年第九号正忠の「時々に仇のごとく憎みつつ猶君にゆくわが火のこころ」とよく似た歌である。正忠が、酒を好み、酒の歌を数多く歌っていることからすると「酔仙」は、正忠の号であったかとも思える。

○

『明星』は、「河井酔茗、横瀬夜雨、伊良子清白らの『文庫』(明二八・八―四三・三)や、佐藤橘香、田口掬汀、高須梅渓、中村春雨、正岡芸陽、西村酔夢らの『新声』(明二九・七―四三・三)など先行する投書文芸雑誌に伍して、しだいに号を重ねつつ、北村透谷、島崎藤村、平田禿木、戸川秋骨、上田敏、馬場孤蝶らの『文学界』(明二六・一―三一・一)を継承するロマン主義文学運動の活躍舞台となった」雑誌で、「創刊の前年明治三二年一一月、与謝野鉄幹が結成した東京新詩社の機関誌」(石丸久「明星」『日本近代文学大事典　第5巻新聞・雑誌』所収)で、明治三三年四月創刊、四一年一一月、第一次終刊、その間全一〇〇号を刊行した。本稿は、その「第一次」の『明星』に掲載された沖縄出身者の作品を調査したものである。

野田宇太郎は、「この創刊号によって、新らしい文学時代の到来を知った無名の新人達は、ぼつぼつ全国から新詩社に参加しはじめた」(『與謝野鉄幹　與謝野晶子集　附明星派文学集』明治文学全集51「解題」)と書いているが、沖縄からも「無名の新人達」が、「文学者」になることをめざし新詩社の門をくぐっていった。そのもっとも早いのが、末吉安持で、数多くの詩篇を発表、その才能を嘱望されながら、不慮の事故で夭折。末吉のあと、『明星』で活躍するのは、山城正忠である。山城は、第一次終刊号の「新詩社同人肖像」に出ていることから判るとおり、新詩社の主要なメンバーの一人であった。

末吉安持や山城正忠に続いて、新詩社の門を叩いたのに摩文仁朝信、狂浪等がいる。彼らは、それぞれに、鉄幹、晶子を訪問し、その感動を綴り『沖縄毎日新聞』に投じた。

新詩社の門を潜ったのは、安持や正忠、朝信や狂浪たちだけではなかったはずである。恐らく、当時の沖縄の青年文学者たちは競って鉄幹、晶子を訪問したのではないかと思う。しかし中には、上間のように、白秋には会いたいが、鉄幹には興味ないといった者もいるにはいる。

上間は極めて特異であり、「明星は正しく詩歌壇の登竜門であり、又芸術の殿堂の如く考へ」（日夏耿之介「「みだれ髪」の浪漫的感覚」）られていた。沖縄の青年文学者たちにとっても「明星」は憧れの雑誌であったことは間違いないし、それだけに競って投稿したはずである。

※詩華の前に、當真竹陰の名前がみられる。

竹陰は、（東京）とその出身地名が付されているが、當間が沖縄に多い姓であることからすると、沖縄出身で、東京に遊学していた者ではないかと思う。

當間の他にも、そのような例が多いのではないか。それだけに『明星』の再調査を必要とする。

3 『創作』と沖縄の投稿者たち

一

明治四十三年三月一日発刊『創作』第一巻第一号に、創作社同人による「所謂スバル派の歌を評す」というのが出ている。

そこに、次のような文言が見られる。

△山城正忠氏、十年一日の如く旧態依然として、新詩社にへばりついてゐる人に、間島君あり、山城君あり、與謝野氏もさぞ喜んで居らるゝことであらう。所謂沈香も何とやらの第一人者である。個性の発揮と云うたやうなものが歌の重大視される部分であることを是認するならば、氏の歌の如きは殆どノンセンスである。

共通の歌、誰れでも作りえられる歌、甚だお気の毒な次第だが、ただごと歌である。然し同氏の好んで歌はるる酒の歌には、時に三唱に値するものを発見することが無いでもない。次にこれは同氏に限らぬことだが一体に新詩社の諸君を通じての病弊ではあるが、あまりに古歌に淫溺した結果から来る、要もないその時、その境に何の交渉もない、枕辞を出したり、徒にペダンティクな古い文字を並べることだ。この事果して如何の効果があるか、三省せられたいものである。時は絶えず推移する、血は一刻〳〵と涸れて行く、今にして起たざれば、氏等の前途ただ暗黒あるのみ。

砕花生の記名になるものであるが、砕花はそこで、最初に長島豊太郎をあげ、その次に山城正忠をあげていた。砕花の正忠評はなかなか厳しいものであるが、そのような評がなされるということは、とりもなおさず、正忠が新詩社の際立ったメンバーの一人であったということを示すものであったし、正忠は、またそれだけ活躍もした歌人であった。

沖縄の詩歌人らが、「ただごと歌」の歌人と決めつけられた正忠を当時どう見ていたかはっきりしないが、正忠が、沖縄を代表する歌人であり、中央歌壇でも名の知られた存在であることを、砕花評はあらためて教えてくれたはずである。

創刊号にそのような正忠評が出た雑誌に、沖縄の歌人たちの作品が現れるようになるのは、第一巻第六号（四十三年八月一日）の「創作詠草」からである。

上間笛秋

夏の朝ミルクのにほひ悩ましき窓に福樹の花のこぼるる
ああ五月かろき芭蕉の衣を着てゆうべさみしく遊廓に入る
夏はきぬまた新らしき芭蕉布のにほひさびしき人と寝ねなむ
野にかなしみ海に悲しみただ独り歌へるわれのあはれなるかな

上間笛秋は、上間正雄のペンネームの一つである。上間が、与謝野鉄幹よりも北原白秋に傾倒していたのは、その書簡からもうかがえる。上間が、新詩社同人批判に始まった『創作』に親近感を覚えたのはまず間違いないし、それが、『創作』に近づける契機をなしたということはあるであろう。

『創作』に投稿したのは、しかし、上間だけではない。同号には、また末吉落紅の作品も見られる。

末吉落紅

すぎし日の陋しき心にくみつゝそを打つ笞又君を選びぬ
たらちねのあたへし妻はかなしけれわれより外の男知らねば
親にはた従ふべきか自らに養ふべきか迷ひぬるかな

末吉落紅は、末吉安恭のペンネームの一つである。末吉が『創作』に投稿するようになった動機はよくわからないが、いずれにせよ、上間とは新詩社・明星派に対する対し方が異なっていたのではなかろうか。彼には、弟安持が、新詩社同人としていち早く『明星』で活躍しながら、不慮の死によって早世したこともあって、新詩社に対する、複雑な気持ちがあったはずである。しかし、彼にはもっと覚めたところもあり、もはや新詩社の時代ではないという自覚があったことも確かである。

同号には、さらに小橋川南村の歌も見られる。

小橋川南村

亡国の民のあはれを歌ふべく古き甕に泡盛をもる

小橋川南村は、落紅と親交があったし、首里の文学仲間であった。上間、末吉、小橋川らは、多分語らって一緒に「創作」社の同人になったのではないかと思うが、その後加わったのも何名かいる。九月一日発刊第一巻第七号には、山田裂琴が登場する。

山田裂琴

酒匂ふ部屋のさみしさ夕暗は潮のごとく静にさしくる

その友も消息つひに絶えにけり別れたるより五年を経ぬ

うす苦き胡椒のにほひ滲みくるたそがれ時のものゝはかなさ

君のため我れ世に生くと思ふ時心またなく寂しくあるかな
灯もともさず月の光にまかしたる部屋に寂しく二人はありけり
埃うく靴の紐をばほどき居るうら若き友の頬に労れ見ゆ

山田裂琴は、山田有功のペンネームである。裂琴は、多分上間に誘われて投稿を始めたのではなかろうか。上間が、落紅や裂琴をみじかな文学仲間として見ていたことは、彼の書簡からわかることである。

二

八号以降の沖縄の歌人らの投稿作品は、次の通りである。

〈四十三年十月一日・第一巻第八号〉

上間正雄

しみじみと涙ぐまるゝ夕ぐれの海辺の墓の黄なる草花
指やゝ痛きがほどに日光にかゝやく赤き花弁を摘む

風に落ちし青き木の実をひとり拾ふ九月の朝の黄なる日光
上間正雄

銀笛を吹くかの少年にかなしみのありやその目をしみじみと見る
うなだれて林いづれば黄昏の町のどよみは胸をあつする
上間正雄

長雨のはづかにやみし夕ぐれの空気に顫ふ梔子の花
日光にかろき眩暈をおぼえけり疲れてねむる野の草の上
奥島南島

やれ靴に古るヘルメットあなあはれ出でゆくわれを見る母の影
〈四十三年十一月一日・第一巻第九号〉
上間夏鳥

疲れ

昼は心つかれてやるせなき憂鬱に、
絶えずなにものかを夢みつゝあり、
そのゆめは悩ましく、またさびしくゆるやかに心の上を流れゆく。

六月きたり、
日光はかゝやかに照り、
緑濃き亜熱帯の植物はやはらかに息づき
その葉は光りに顫へ、
嫋やかなる風のおとづれとともに、
ものの発育する匂ひは身に泌みきたる、
暖かくゆめをつゝめる光りよ！
疲れて眠らむとする肉体のこゝろよさ、
ああ、ゆるやかに流れゆく夢のリードよ、
憂鬱のリードよ！
われは歓びて心よき光りのなかに眠れり。

六月

六月、
晴れた午前の静な野の
青と白との強い色彩と光線……

日光に疲れて
光沢を失った草の葉の吐息
水分のない畑の隅に、
みよ、しほれて落ちむとする、
あはれな、茄子の花の暗紫色……

わかい農人は
路傍の暗い樹陰にやすらかに眠ってゐる、
そが足もとの黄なる草花のなかに
投げだされた新らしい鍬の刃の
鋭どい銀色の反射……

六月の午前
若い農人の疲れた皮膚に泌む、
乾ききった空気の感触よ……

〈四十三年十二月一日・第一巻第十号〉

上間草秋

霧

霧はほんのりとさみしい丘の
灰白の墓地をとざし、
戸を閉して眠れる廓の古屋根に
かるく接吻をのこして去る.

十月、
冷たい空気と、枯草の黄色……
吐息をひそめて蟋蟀も啼けば、
青い静脈の見ゆるわが細き手は
感覚を失ひて片恋のやるせなさに顫へたり、

光りを怖るゝ疲れたわが心よ、
彼女の瞳よ…………

…………

畜生のさめやすき性欲のやうに
あともなく晴れてゆく霧のつめたさ……

芭蕉布のにほひ

あたゝかい湯あがりの皮膚に—。
黄昏のうすらあかりの泌むやうな
さみしいそなたの薄いなさけよ.

雨あがりのしめやかな墓場を、
ふたり静かに歩いた月夜の
そなたが着たかるい芭蕉布の
薄青い縞のにほひのなつかしさ……

そなたが歌つたあはれ深い
琉球節も忘れはせぬ、

きつとそなたを忘れはせぬ。

されどたゝひとり、
暮れてゆく悩ましい東京の空に
鳥啼き、雨もふりいづれば、
夏のひと夜のきまぐれにかたく譬つた、
あれあの言葉が気にかかる。

山田裂琴

いつのまにかくも心すさみけむ旅思ひだつ日のおほきかな
おとづれし家くらかりきしよんぼりと帰りくる夜の薄ら寂しき
はうてくる夜のうす暗に浮きて見ゆホヤ脱す手のなつかしさかな
かへり見れば岬はるかに船のすぐ海いたく光り目にせまるなり
かなしめる瞳あかるく遠方の梢を見やる秋の夕ぐれ
よるべなき紅茶のあとの疲れたる身にうちひびき夜の光るなり
酒のめば死をよく語る我がいろせ寂しや顔のすこし痩せたる

山田裂琴

鐘

うと、うと、うと、うと、……
鐘のやうに堕ちてくる眠の前の力なさ、
そのよるべない寂しさは、
朧々に消えのこる濕のない鉛筆画。

わりないけれど寝床の上に匍うてくる
あゝ、あの鐘こそは—
一イ……ニイ……三イ……
夜の十二時のクラリオン。

昔の恋を呼びおこす女のやうな、
霊は、震へてひとり涙ぐむ
昼のおもひのわりなしや。

さてもその、洞に反響つて絶えて行く

響の色のなつかしさは、
又、幼児の物忘れをばすかすごと、
うつら〳〵と眠の前にさそひ行け。

君がゆく雨の波止場を飛ぶかもめ鴎に似たるかなしみをする
奥島南葉

上間夏鳥、上間草秋は、多分上間正雄のペンネームであろうが、九号からは、「新詩」欄に、詩をよせるようになる。また、山田裂琴も、短歌だけでなく詩も発表していた。

裂琴の後登場したのが奥島南葉である。落紅、南村、そして裂琴、南葉と、『創作』誌上に登場した表現者たちは、沖縄の文壇でも際立っていたといえるが、『創作』誌上で活躍したのは何といっても上間であった。それは、彼が、創作社同人として、同人の会合に出席していたことども関わっていよう。

四十三年十二月二十六日発刊、第二巻第一号に掲載された「創作社研究会の記」を見ると「飛川晶巒野老山愁果両君連れ立つて来られる。続いて、上間草秋君、水上おぼろ君来られる」とあるばかりでなく、「水上、上間、武智、森、邦枝の諸君が群れて詩や琉球の話が盛んだ」とある。上間の存在が、彼の出身とともに創作社同人たちの間で何かと話題になったのではないかと思える。

三

上間は、第一巻第九号から、詩を発表するようになるが、それは、第二巻第一号以降も同じである。

〈四十三年十二月二十六日・第二巻第一号〉

上間草秋

芭蕉の花

石垣でかこんだ廓の部屋裏の空地に、
真赤な芭蕉の花を濡らして
暗い暗い雨がふる、
じめじめした晩夏の長雨、
唇も褪せるやうな冷たい雨……

なめくじの這ふてゐる古い壁に、
意気ないろの寝巻が重さうに濡れて、
壁のうちから新らしい流行の節を弾く三味線……
十八のそなたが歌声のいぢらしさ……

今日も日ぐれとなつたれど、
帰ろうと蛇の目をとるにはとつたれど、
可愛いそなたの目つきを見れば、
髪がひかるこゝちする。

暗い暗いこころを濡らしてふる雨、
唇も褪せるやうな冷たい雨、
日もすがら夜もすがらふりつゝく雨の音よ
なつかしいのは
石垣のかげの薄闇に、しつとり濡れた、
豊麗な芭蕉の花のこゝろ……

〈四十四年一月三十一日・第二巻第二号〉

上間草秋

雨と雪と

湯屋の障子に
小雨にまじつて静かに
たそがれの淡雪がちる……

立ちのぼる湯気につゝまれて、
うす青い蛇のぬけ殻の光るやうな
微温せる女の肌に
かすかにかすかに反射する薄ら明りの冷たさ……

曇れる鏡の前には、
こゝろもち肥つた青い年増が
新らしいタオルを強くしぼつて背中をふけば、

すべての筋肉の静かに動くさみしさ……
硝子戸にちる
かるい、やはらかな淡雪、
音もなく降る都会のなつかしい冬の雨

上間草秋

初恋

爪紅の花を染めたる
しなやかな赤き指を
そろへて鳴らすしほらしさ
その癖—君よ、
われは忘れじ
あはれそは我が初恋のかなしみなれば……

同号の「新詩」欄、第二集には、「帳場」と題された新家敷菖香記名の詩がある。新家敷は新屋敷と通じることからして、沖縄出身者のペンネームではないかと思うが、定かではない。

〈四十四年三月一日・第二巻第三号〉

上間草秋

恨めしきことのある夜に三味を弾く女の指のうすき霜やけ
暮れのこる薄日に雪のふりいでて静こゝろなき鳥目の少女（以下次号）

摩文仁蕉花

月光の薄きいたみにつつましく咲きてあるなり唐芋の花
空坪のうすらあかりにつつましゝ芭蕉の花は実となりにけり
さびしきは月夜なりけり芭蕉の葉やぶれし家の蛇皮の音なりけり
さびしくも芭蕉の花はちりそめぬ二月のすゑの屋根裏のひる
恐ろしき憎悪のみが生きてあり疲れこころのうすらあかりに
酔ひざめの瞳には墓よりいたましく琉球の海白くうつれり

〈四十四年四月一日・第二巻第四号〉

上間草秋

やはらかい針のやうに
ひえびえと肌をさす昼の雪あかり、

ぱつと眼にしめば、
片おもひの憎しみと、さみしさとに
疲れはてた心もともに顫へて、
日暮れの街をゆく鳥目の子のやうな、
こゝろぼそさに涙さしぐむ。

〈四十四年六月一日・第二巻第六号〉

摩文仁蕉花

ひとりゐて我を待つらん味わるき紅茶を飲みて老を泣くらん

（琉球にかへりて歌へる）

うなだれて家に帰ればわが母の咳きこゆなり暗き隅より
わが家の血筋を誇る母の声いといたましく耳に残れり
咳をするたえまたえまにわが妻となるべきひとの噂する母
はやり唄わが古家の子供等の口にうたはれ春のきたれる
みどり葉のにほひぞきたる古家の五月の窓の朝の静けさ
父に似てあはれの歌を綴ること女の家に夜を明すこと

古家の壁を仰ぎてなげかひぬわれら母子の墓に似たれば
下宿屋に寝起するよりさびしきは母のみ残る家に在ること

摩文仁蕉花は、摩文仁朝信のペンネームの一つであるかと思う。朝信は、歌を良くし、また詩も書いた。彼の歌は、「(琉球にかへりて歌へる)」の詞書きがふされている一首から窺えるように、「我を待つ」母、「老を泣く」母を歌った歌が多く、落魄した旧家の悲哀が滲み出たものとなっている。

四

『創作』は、「新詩社の『明星』が廃刊されてのち、しばらく空白の続いた詩歌界に、ようやく盛りあがってきた自然主義の潮流のなかに創刊され、短歌のみならず長詩、散文詩、小説、俳句、小品、評論など、広く文芸的な作品を盛る文芸総合誌的な雑誌として登場した」(森脇一夫「創作」、『日本近代文学大辞典』第五巻新聞・雑誌所収)もので、その活動は、四期にわけられるという。沖縄の詩歌人らが活動したのはその第一期明治四十三年三月から四十四年十月にかけての時期であった。同時期の『創作』は若山牧水が編集に当たり、「牧水のほか、前田夕暮、土岐哀果(善麿)、北原白秋、石川啄木ら新鋭作家の力作を掲載して注目を集めた」ばかりでなく、「尾上柴舟、金子薫園、与謝野寛、佐々木信綱、吉井勇、三木露風、川路柳虹、木下杢太郎、相馬御風、蒲原有明、生田春月、伊藤左千夫ら、すでに詩歌界に名のある人々も執筆している」(森脇、前同)雑誌であった。『創作』に触れて書かれたものに、沖縄の詩歌人の名前は見られないにしても、そのような「新鋭作家」や「すでに詩歌界に名のある人々」に交じって、上間正雄のように同人として、短歌や詩を発表したのを始め、実に多くの投稿者がいたのである。

4『スバル』と沖縄の歌人たち

『スバル』が創刊されたのは、明治四十二年一月。二月一日発刊第二号には、いち早く山城正忠の作品があらわれる。

山城正忠

うら枯れし小草をしきて寝ねなまし恋の館を追はれたる人
黒髪をおもへば哀しむしろ野に生ふるよもぎをみるがよろしき
よその恋破れしときにかちどきの歌ひとつづつ我は作らん
風来り嫁げる君の消息すおろかなる人いまだおもふや
みあぐれば黒き扉にしるすらく獣の画を赤くならべて
灰色の帽子まぶかにみだらなる街にも入りぬ恋ふる我は
浅草寺その人ごみをさまよへど猶ものたらず人を斬らむか

心さへ失ひしにはあらずやとおもひまどひぬ君に別れて
いたづらに病みてあるより恋ゆゑにもだへ死ぬるぞ蓋しよろしき

山城の短歌が、その後掲載されるのは、第十一号からであるが、第八号には、「昴同人」として末吉落紅が、「星の歌」集の最初を飾っているし、浦添蛙村も登場する。

第十一号までの、沖縄の歌人たちの作品は、次の通りである。

〈四十二年八月一日・第八号〉

末吉落紅

賜物のその肱つきに肱つきて死を思ふ子となりにけるかな
何物か障子の外にけはひしぬ夏虫ならば灯にこそよらめ
懲りずまにまた手を出せば触るるもの少女の匂ひする白きもの
さはにある女の如くのたまへど君をおもへば無きにひとしき
両の眼をはたと閉せば君といふ呵責の人も世におはさゝり

浦添蛙村

吾が恋の挽歌きこゆただひとり鉛のごとき海に向へば
恋に酔ひ今また更に酒に酔ふこのうへに酔ふもののあらむや

盗みたる酒に酔ふごと人知れず恋に酔ひたり如何すべけむ

浦添蛙村

わが心君にかまれし歯形より酒のみどりのうれひ沁みゆく

〈四十二年十月一日・第十号〉

摩文仁賢輔

黒潮の上に漂ふ椰子の実の泣くがごとくに我もまた泣く

渡殿に肱枕していねしより酒の愁を覚えそめてき

落紅、蛙村に続いて、第十号には摩文仁賢輔が登場、彼らは、最初から「昴」の同人に加わり、作品を発表したかと思うが、いち早く『スバル』に作品を発表した山城正忠はそうではなかった。正忠は、「新詩社同人」として、作品を発表していた。

〈四十二年十一月一日・第十一号〉

山城正忠

あても無く思ひ浮べぬ黄なる靄けぶれる岡の牛のむれなど

夜となれば銀座通の青白き石だたみ泣く露にぬれつつ

くだものの如くに彼は幾たりの男に売りぬ甘き唇

自殺者の書きおきに見る不安なる文字を並べて君に文かく
枯草のなかに眠れば悲めるわが息しろし青空のもと
青すすきなかにまじれる目もあやに赤き百合をば見たる喜び
酒の歌恋の歌はも三百にみたねど飽きぬいかがすべけん
秋の日に油の如き黄いろなる海をながめぬ切崖にして
しらしらと月さし上る秋の空に向へば君をしぞ思ふ
切崖にのぼれば赤くうづを巻く港口なる夕暮の波
けだものの如く歌へり二とせは破れし恋にあやまちしかな
がらす戸に明きともしびちらちらとうつれる中に百合の花さく
うらがなし赤き表紙の書物より黄なる薔薇の乾からびて落ちぬ
月夜よし廓の町の蛇味線と太鼓にまじらわれもさまよふ
鹿児島のみなと口にて果物を売りし少女も時にしのばゆ
萱草の高くつづける野と空の低き間に赤き雲湧く

第十一号、新詩社同人「新詩社詠草」集の巻首を飾った作品群である。

末吉落紅

きり岸や嵐の海を目に見つつ走れる夢のいまださめざる
こはいかにわれの外にもきく人のありげに物をのたまはすかな
狼の乳にそだちつる少女にや羊のいのちものともせざる

〈四十二年十二月一日・第十二号〉

山城正忠

TABLE に酒のこぼれとたはれめの髪の乱れと匂ふ夕暮
こころもち青みがかれる GLASS 戸にもたれて町の夕焼を見る
秋の暮玉虫色の傘に見し入日の影を忘れかねつも
少女等をおもふひまには色白き少年どものむれに遊べる
過したる酒より醒めし哀みの淡々しさにわが秋は行く
へべれけと我に仇名す KISS の後のさびしさなどを知らぬ輩は
そことなく椿の油かをり合ひただよふ中に暮れて行く秋
あやまちて LAMP の火屋を割れる時うすき月あり空に雁なく
酒のみの外にをかしき歌びととわれをば知らで往にし君かな
行く秋の町吹く風に夕暮は赤児のこえもまじりて聞ゆ

秋の雨ふれるが中に灯をもともさで一人男泣きする
わが面の無縁塚にも似たりてふさもありぬべし秋の夕暮
悲めるわが酔覚めをきりきりとつらぬく如くきりぎりす啼く
煤びたる柱に掛けし円形の鏡のもとにこほろぎの鳴く
街ゆけば行く人の顔墓よりもすべていたまし白き夕暮

上間正雄

ふところにCOCOAの酒の甕などかくせることを人に知らるな
くちをしくまた悲しげにうちまもる葦辺の潮のながきささやき
いとにくき少女なれどもいふままに靴の紐さへ結びやるかな
見せものの太鼓鳴りいでひとしきり灰色にしも暮れてゆく町
ひとひらのばらいろの雲みづうみに映つれど君はVIOLIN弾けど
春の日のうらわかぐさのうらわかき君を思ふと我告げかねつ
砕けたるうす紅の花のごと悲しくものを思ひけるかな
あはれなるPURUMULA姫のものがたり聞きて涙をながせし少女
ナイフもて青き木の実を切るほどの悲しさおぼえ恋をわれ切る

山城の作品は「新詩社詠草」中に、上間の作品は「昴詠草」中に掲載されている。上間も、落紅等に続いて昴の同人になったのであろう。

〈四十三年一月一日・第二年第一号〉

摩文仁月来

いかでこの心ちひさき人の住むわが天地に破滅なからん
ひた泣きぬ幾万年のおくつきの闇を今より見る悲しさに
如何にせば歎く色なくバイロンの如き面を作り出づべき
劣れるは捨てらるべしと知りし日の悲しさに似て枯葉ちりしく
思ふ人わが臨終に逢ふまじといつも悲しき思ひするかな
河岸の灯の水面にうつりはなやかに蛇皮線きこゆ夕月のもと
あはれよし君が心の露ぞちる吸はまし我はぬれつつ死なん

末吉落紅

狐にも化けよと君を前にして祈りぬあまり責めのつらきに　晶、文
川端にうゑし百合の根十月の光をあびてよろこび出でぬ　文
ひかるるはうたへの廳にあらずして醜女のむれの三味弾くちまた　萬
やくざものうき世のたつき知らぬ子を養ひてある父はたふとし　晶、実

この秋を悲しめわらへよろこべと後の壁が背にしきりいふ　晶

この桶は箍のゆるびも知らぬがに水盛らるるになほぞありける　萬、晶、文、賢

うつつなく耳に入りくる物の音の渾沌として聞えくるなり　萬

梟の眼をかりていとくらきくらき心をわづかに見ばや　文、賢

推されしことのごとくにたくみしをたくまずとして争ひにける　蒼

手をのべて執らばいとよくとらるべきところとものはおけと思ひぬ　萬、晶、文、修、賢

闇の手のにぎりつぶすとこころむる燈明台の紅き灯　萬

覘き鼻の牛飼三太牛の尾につきてみだらの歌うたひゆく　萬

口しめてゐるにはしかじわが心争ふほどの熱誠もなき　蕭

魂の上に加ふる一鞭は神のみ手よりただちにうけむ　蒼

〈四十三年二月一日・第二年第二号〉

末吉落紅

南無阿彌陀仏南無阿彌陀仏あさましき獣の心とりしづめたまへ

半纏の男きたりぬ文をもて新片町にみぞれ降る日に

あやまちて湯をこぼしたる時よりも騒がず君を失ひし時

たはれ女にこの美しき少年をさうなく渡すことの惜しけく

冬枯の木立のごとく人立てりズボンの穴に手をさし入れて
ふたたびはこの道あゆむことなしと下駄もとどろにふみさぐみゆく
その父の子なるがゆゑにその少女あなづらはしくわれにものいふ
大理石の洗面盤に洗ひたる顔のくもりをいかがすべけむ
かなしみは時じくに来ぬゆき馴れし道を忘れぬ恋人のごと
夕立のするにも似たる語り手はいと快し真言偽言
ああ不安橋を渡れば橋げたの朽ちたる穴より水の色見ゆ
歯を見せて眠れる稚子のおもざしのわれに似るかな貪欲の相
百足来る禍の使や櫂に似る足掻きのいそぎ吾をさしてくる

上間正雄

ヰスキイもウオツカの酒もおよばざるわが泡盛の酔ひごこちかな
いひなづけうつくしからぬ少女をばもてるわれゆゑ死なんとぞ思ふ
ハルモニカおとなしやかに吹く少女その細眉を思ひそめてき
ふらねるのいとやはらかき袖のうちに君の指をにぎりつつゆく
我妹子の秋の素顔のほの白さそれにもあはれ涙の落つる
夕月のほのかに黄なる露台に笛など吹きて君を待ちにき

君もみよかの大空と大海のくちづけているあけぼのの色
　　　　　　　　　　我謝青玕

味もなき呆れとなりてをはりたる恋のしたたり酒のしたたり
日曜の午後の硝子にあたる日のほてりと君の頬のほてりかな
百日紅東の窓の山々の青き夕ぐれ君をこそ思へ
草の中に赤き花さく古寺の石だたみふむ秋の夕ぐれ
うすぐらき乳香の木の下にしも一時あまりうなだれて立つ
　　　　　　　　　　摩文仁長風

空言をあまたならべてしみじみと女泣きけり長夜のすさび
いたづらに都に遠し琉球のただれたただれの雲流れたる

摩文仁月来、摩文仁長風は、同一人ではないかと思うが、その摩文仁と我謝青玕が、上間のあとに続いて登場する。『スバル』が、沖縄の歌人たちの一大拠点になりつつあるのが感じられる。

〈四十三年三月一日・第二年第三号〉
　　　　　　　　　　山城正忠

悪酒

銀行の石の柱の黄ばめるにもたれて淡き物思ひする
酒に換へ二貫ばかりの残れるをもてあましてはまた酒に換ふ
図書館のあかるき窓のがらすより街の燈を見る春の夕暮
つかれたる瞳を上げてニコライの接吻台を見るは誰が子ぞ
しかばねのごと夜の色の明みゆけば大銀行に白む舗石
よろぼひてこぼせる酒の卓にひろごるを見て得たるさびしみ
ほの白き曇硝子にながれたる洋燈のかげもなぐさめとなる
かけ出でぬ白粉くさきしかばねの袖ひく路地の薄明りをば
腹だたし鏡をとれば酒ぶとりあさましき面石塔に似る
酒の香の吐息に曇るすがたみを掛けし柱によれば悲しも
しみじみと涙の落つる物おもひあらずば蠣の殻にならまし
黄なる花ちりしく街の石だたみ柳に暮るる灰色の雨
白き路ふたつに分るよしえやし我は路なき方に走らん
かなしげにくぼめる眼壁にきて時々われをおびやかし行く
大寺の円き柱にうすあかき蝋の火うつり春の雪ふる
灰色の霧に呻べる夕ぐれの悲しき町に自動車きたる

泡盛を忘れたるにはあらねども RIBON をあまた購へるため
隠れては酒店に入る止みがたしよりよきものを知らぬ間は
触れもせば冷たからんか知らねどもとりすましたる唇はよし
この頃の灰に曇れる大海を北より来しか覚めたる女

末吉落紅

失ひし人をまた得しおもひしぬそのひらきたる眉目を見し時
石垣のふくれ出でたる下腹の危き下をつたひゆくかな
古き街欠びをなしぬ午後の四時乞食の媼低くつぶやく
過ちも許さむといふ恋人にふたたびわれは過ちをしぬ
冷えてゆく焼野の胸に杖立てて行方も知らぬ物思ひをする

摩文仁長風

藁小屋に寝るこそよけれ春の野の野中の小屋に寝るこそよけれ

〈四十三年四月一日・第二年第四号〉

山城正忠

片隅

かなしめる身はゆかりなし春の夜もかくれてひとり居酒屋に行く

なまめかし灰に曇れる夕ぐれの粉雪のなかのすりばんの音
人皆の得るにたやすき石ころをうなじに懸けて歌ふ子は誰そ
しろき鳥かなしく飛びぬ大海もっづける空も青き夕暮
福寿草なる花さく窓がらすおもては白き粉雪ぞふる
鉛などわれは飲めるにあらねどもこころは重しいかがすべけむ
おもしろし春雨ふればやぶれたるわが番傘に白梅の散る
街ゆけばもののかなしくていぶるにもたれてあれば酒ばかり欲し
さびしさに鏡を見ればなほさびしうしろに向きて口笛を吹く
灰色の男きたりて灰色の壁上にかく灰色の歌
思ふ子をがじまるの実の赤らめる木陰に待てばふる雨もよし
わが恋のをはりの如くくれなゐの椿こぼれてうらがなしけれ
片隅の聖体盒を蝋燭のうすあかりにてのぞく夕ぐれ
わが心もの狂ほしく白粉と酒と涙のなかに渦巻く
ほのぐらきおのが心の洞窟にうす黄にもゆるかんてらを取る
口あきて浅葱の色の大空を打仰ぎ飽くばかり吸ふ
ぬすみなどしたるが如く酒店のよごれし隅のていぶるによる

悄然ととりしPISTOL悄然と再び壁の古釘に懸く
ニコライの七宝焼の十字架にうすあかりしぬ春のともしび
しづかにもののすべてに疲れたる瞳にうつる泊夫藍の花
おもしろし悪酒のつかれ眼に来れば親父の顔もかさなりて見ゆ
酒の歌ここだく作る飲まんには銭なきを知りなぐさまんため

田里鳥江

深靴をはける男は雨おちる音にしのびて君が扉を引く

上間正雄

廓と墓場

琉球の遊廓は非常に興味がある。若き男らがのむ赤い巻煙草の火は、あやしき獣の瞳孔のやうに暗い石垣のかげに輝く。牧歌の声は海の遠鳴りに交じりて聞える。

夕さればかの色街の三味の音がわれの情をもてあそぶかな
三味線のはしやげる音とものすごき浪のおととが枕にきたる
草むらにかくしおきたる酒甕をとりいでて見つ秋の夕ぐれ
あたらしき紺足袋をはき逢ひにゆくそのおもむきを知るは誰が子ぞ
われもまたをかしき帽子かぶりたる若き男のむれにまじれる

琉球の悲しき歌を口ずさむたはれ男とわれもなりけり
春の夜の寝ものがたりに倦みし子の思はせぶりもおもしろきかな
酒もりの後のさびしさ口付けののちのさびしさみな異れり

廓に隣りて大きな墓場がある。倉庫の様な琉球特有の墳墓はこれを遠くから望めば西洋館のやうだ。この墓原につづいて深碧の海がある。夜、月光は墓のうへに悲しく輝き、海は鳴りいで、色町からなまめかしい琉球の三味線のメロデイが流れ出す、それを聞く時の情調は何ともいはれない。

色街を出でし男はかなしげに墓場のうへの月を見るかな
春のゆふべ尺八作る店先に眼病の子が尺八を吹く
いづこよりかあかるき窓に礫きてはたとやみたる三味線の音
あけがたの鶏鳴けば寝足らねばねむしと君のかこちたるかな
夜の鷗われらがうへを翔りゆくその羽ばたきを君は恐るる
おもふ子とぬるが悲しき夜となりぬ窓の外には春の雨降る
やはらかき白ただむきにいねしより心空なりこれのわかうど
ものうげに女は三味を弾きいでぬ空よりきたるあかつきの色
くもりたる湯屋の鏡にヒステリイの女の顔のうつる夕ぐれ
女よりかへりしあとのこころよき労れに喫ひぬ煙草の香り

海辺の墓場の芝生の上で、暗き夜も、月あかき夜は勿論、琉球の若い男共が芳烈な泡盛を飲んで悲しく歌ふ、男とさまよふ南国のたはれ女の華やかなる歌声、浪の音などが夜すがら聞える、昼は髪蓬々たる狂人が徘徊して居る。泡盛に酔って、空いた瓶を石垣にたたきつけるおもしろさ。

わが党の酒のみ場なる墓のうへに正体もなく眠れる男

男が女に逢ほうとする時は、閉されたる黒き扉を指でことことことかろく叩く、さうすれば女が戸をあけて出て来る。

汝が家の雨戸をかろく叩くにもわれの心は顫へるものを

戸をひらきかすかに笑ふ横顔に月の光りのいであひにたる

末吉落紅

聴診器ああ何事を伝ふるや医師の耳にゴムの管ゆく（子のわづらひし時）

唯々としてをさなごながら聞きわけて肌おしぬぐふことの悲しさ（おなじく）

おぽろげに夢かとぞおもふ病癒えてわが子遊べり立ちはしりして（おなじく）

親の親の遠つ親より伝へたるこの血冷すな阿摩彌久の裔

わが家はあさまし腐る水満てる口のかけたる甕にかあるらむ

頬ずりは淋しきときのすさびとて物にうみたる君のしたまふ

烟もて縄綯ふごとく鉄輪もて弓ひくごとくえも堪へめやも

わが妻よ汝が泣くよりも四つになる汝が子の笑顔みるが悲しき
長き文手繰れば船の尻に立つ渦のごとくに筋ひきて来る
奥島南葉

つれづれの物思ひする我室に靴の音近づき外は雨ふる
摩文仁長風

泡盛のかをるもよろしわが君のねくたれ髪に春の風吹く
午後七時わが琉球の海の面赤竹色に暮れにけるかな
冬がれの杉の並木にわが顔にしたたる月の青きおもざし
初春の光りのどかに流れたる窓の障子の午後のあかるさ
田里鳥江

蒼蝿どもいそがはしきに飛びかひぬ暮れゆく色の調度の上を
南風吹きて来る日はなつかしく眼にうかび来ぬふるさとの海
三味弾きて女とほりぬ春の夜のしのび足なる舗石の上

四十三年になると、『スバル』誌上に、沖縄の歌人たちの作品が多く見られるようになる。とりわけ第二年第四号からそれが目立つ。奥島南葉と田里鳥江が加わったこともあるが、山城、上間、落紅等が、精力的に作品を発表。山城や上間は、単なる「新詩社同人」「昴同人」という形でなく、独立した歌人として扱われたように見える。その中でもとりわけ上間の歌は、眼を引くものがあった。

〈四十三年五月一日・第二年第五号〉

山城正忠

彗星

ますらをも匂ふ髪にぞまかれぬる彗星のごとわれにきたれば
君おもへば胸の痛かり吉原のおはぐろどぶのくらやみにして
ゆふされば鄙の港の石垣にのぼりて暗き海底を見る
ふるさとの琉球を出づうしなへるわが魂をたづねんがため
鹿児島の磯の浜にて泣きしかばわれを知るらむその白き貝
やぶるべき力もうせぬいたましき殻の中にて死なむとぞ思ふ
君はやも人妻となり男の子ふたり生めども遠くなつかし
まれに見しいとも尊き玉なればくだけて後もかけを拾はむ
わかれこし君をしのべと曇りたる硝子にうつるともしびの色
大寺のくろきいらかはあくびしぬ銭なきわれのつかれにも似て

まだ青き樋のなかゆく春雨もひともし頃はなまめかしけれ
大寺のくらき柱かわたつみの底かしらねどこころ淋しき
手さぐりにたたけば石の戸は堅くとざされてあり暗くつめたし
しら玉のわぎもこは亡し椿にてあらば春日にまた咲かましを
ぬれ紙に赤きいんきをあやまちしごとくひろごる我のなげかひ
自動車も捨てられし身に濁音のあざけりを投げ塵あげて行く
かなしみはしかばね色の舗石に一面にちる灰色の花
むくつけき人に生みつけわが母はさらに歌へとかなしみを賜ぶ
かなしみぬ雷門の提灯にあかくうつれるかげろふを見て
石垣のかげにかくれてこむすめに手紙をたのむ夏の夕ぐれ
あやまちてこぼせるごとく花びらに赤き斑見ゆる落椿かな
くらがりの柱に白く尾を曳けるけものの影のうつる夕ぐれ
春の日は気ものびやかに女がたきの薄髭などを思ひうかべつ
わが胸のほらあな暗し青ざめし死のかんてらをとるは誰が子ぞ
わがなげき蜜柑の皮の捨てられし溝のよどみか黒き息つく
みづ色のうす明りしぬ窓ちかく雨にぬれたるうまごやしかな

子といへばかなしみ多し父のため物をあがなふ酒の銭もて
うらがなし浜松河岸とある角いづこともなき昼の爪弾
夜となりぬ君もや来むと窓ちかくあかりをおきて待てば楽しも
わがことを蛇の殻とふたはやすくとりて棄てむと思ふなるべし
うすあかき薔薇とぞ見ゆる青ざめし硝子にうつる春のともしび

摩文仁朝信

阿旦葉の黒き山こそ忘られぬ君をさそひてひと夜こもりし
一様に二階の窓のしまりたる廓に白き朝の舗石
さびしさに自動電話の箱に入り遠き女とかたる夕ぐれ
琉球の白き墓場のたそがれの逍遥よりも楽しきはなし
泡盛をたうべぬ時は木像のごとくさびしき正忠の顔
聖人のふたぎたまひし路こえて酒のみにゆく正忠とわれ
さびしさに古りて黄ばめる板壁を叩きて歌ふ春の夕ぐれ
泡盛のつぼを抱きて七日ほどねむらずありぬかなしみのため
泡盛に陶然と酔ひ唄ふよりさとれるわざをわれは知らなく

田里維章

春の夜の歌舞伎ははてぬおもしろきこの心もて君を訪ひなん
いささかのあらそひなれどよく怒る妻をのがれて酒店に来ぬ
君が頬のほそりゆくかな思ふこと一つこの頃またここちする
おもしろし焼場の跡の中ほどに天幕をはりて雑魚を売るころ
ゆくりなく彼れ何事を思ひしかわがうしろよりかんざしを投ぐ
青空の広きが中に家ありて熱病む時は安寝してゆく
うまれつき淋しき顔をもてる人たうべし酒をほめて帰りぬ

摩文仁朝信

琉球をほむるならねど泡盛のこの酔ごこちしくものあらめや
しみじみと悲しくなりぬ泡盛の黄いろき泡をみつめてあれば

末吉落紅

君の手はうれしさにのみとるものとおもひしものをかなしさにとる
海岸の岩に立てかけ忘れたる蝙蝠傘をおもふさびしさ
ぬめぬめと貧民窟の裏町を重く淀みてながるる小溝
道端に横たはりたる荷車の棒の先にて突かれたる胸
男われ悲しからずや吾妹子ののぞみをだにも充たすあたはず

わがからだ野の円石におろしけりそのかたはらに蒲公英の咲く
君の指君の指をもてあそぶみ膝の上の春の夕暮
山田裂琴
EGYPT の SPHINX よ君の目のうちなる謎は解きがたきかな

第二年第五号からは、摩文仁朝信と山田裂琴が加わる。摩文仁月来、長風は、摩文仁朝信のペンネームではなかったかと思うが、いずれにせよ、摩文仁は、初めて本名をここで出す。以後、目覚ましいばかりの歌作が現れてくる。

〈四十三年六月一日・第二年第六号〉

山城正忠
石榴花
やはらかに石敢當のむくつけき鬼のおもてをぬらすさみだれ
酔ひたふれ石敢當を手にまきてねむりし人は誰にかあらん
ほろほろと鳶啼きわたりかなしみのとどこほりたる煤色の空
かたきにはあらぬ人さへ蛇のごとくらくおそろしわれを見る眼の
思ふ子にわかれて来しやわが友の面みな寥し壁のごとくに

てのひらにのせたる花に黒き斑のまじれるを見てかなしくなりぬ
自動車のごむわのあともうらがなし暮れゆく町の白きぬかるみ
らちもなき事に悲みわが泣けば父はひねもす門の草ぬく
そこばくの文久銭をにぎらせてことづてたのむ大橋のもと
この男あきめくらにはあらねども手にせしたまを盗まれしかな
何事としらねど悲しくだものの青くむらがる山をおもへば
灰色に雨の降る日もくれなゐの草の実なれや眼につく少女
かなしみの赤き斑のあるしらたまの椿のおちぬ春の暮るる日
わがことを恋の殻ぞとへらずぐちたたくやからも殻となるらん
街ゆけばしるも知らぬもわが顔を青しと笑ふわけて少女は
灰色の家の柱にぬけがらの身をこそ軽くつなぎとめけれ
けふよりは彼の青空のかぎりなき空洞のごとく思ふことなけむ
おもはれてあれども寥しおもわれぬ男は石を枕きてぬるかも
美くしき真珠の歯もてこのごろはかまれぬゆゑにものたらぬかな
塵すこしあがれば淡きかなしみの灰いろに立つ白き敷石
藁屑の中にふすこそよかりけれわが身を蛇のからになぞへて

酒のめばたしなみもなきぐうたらの男とわれは捨てられしかな

摩文仁朝信

少女子と□(不明)るなかばに泡盛のたぶたぶ鳴るをきくはなつかし
琉球のあまの子なれば流行の謡を知らず船唄をする
わが父もかかりき父のその父もまたかなしみて酒をのみけむ
夕されば酒の心ぞ湧き出づるこの針をもて口を縫はまし
泡盛をほむる男はわが如く寂しき世をば味ひにけむ

末吉落紅

石垣におしろいの花咲く夕べかなしく聞きぬとむらひの鉦
順に毛ぬきをあててややしばしためらふ子等の答をぞ待つ
爪をもて梯梧の幹のやはらかき肌傷つけぬ歌をかくとて
汝が妻のいと新らしき煙草盆まづ眼に入りておもしろきかな
(煙草盆も、嫁入道具の一つに数へらる、朱羅宇の長き煙管添へられて)
肱つきに先づ肱つきて思ふこと髪のにほひにしくものぞなき
買ひ物を買ひととのへて店頭をはなるるごとき心ちしてけり
秋の雨女の衣の裾ふみし驚きをもて寝耳に入りぬ

灰色の円天井の下にある茶釜のごとき古城の屋根

君はいま笑みをふくみて我を見る川ゆるやかに中を流るる

小橋川南村

白き雲いとゆるやかに流れゆく大空を見る酔ざめの子は

〈四十三年七月一日・第二年第七号〉

山城正忠

胡頽子

琉球の港は悲し石垣と墓場のしろく見ゆるゆふぐれ

つばくらめ雲板を打つ禅寺の檐に巣くへばかなしかるらん

小雨ふる崖のくづれにいたましく半うもれて咲ける白百合

通り名の亀にちなみて嘲りの甲羅を負へる我にかあるらん

しめやかに物を思へばくれなゐの胡頽子の実ぬらす暁の雨

思ふ子に捨てられしかば里居して摘ままし我と青蓬など

思出はことごと悲しとりわきて泣きたる浜の夕かもめどり

朝に夜に君が踏むてふきざはしの白き石にもならましものを

何げなく冬の帽子を此頃もかぶれる我のあはれなるかな

女がたきの窪めるまなこ夜となれば壁に見えつつ寝ねがたきかな
わが泣けば果物のごとその口をあてがひたまふ夜の長椅子
はんもつくわたして寝ればがじまるの赤らめる実の額にこぼれぬ
ぬかるみの上にこぼれし木蓮の花こそ骨に似てさびしけれ
さびしさよつりがね草に似たる花むらがりて咲く石垣の家
女より帰りし朝のつかれたるひとみにうつる赤き雛罌粟
こころよし明るき水のほりばたの青柳のいろ夏服のいろ
灰色にわがてのひらは皺よりりぬこれや腐れし蛇のはらわた
白き足袋ほしならべたる竹垣にむらがり咲く朝顔の花
いつまでも骨なしのごと人並に歩まぬ我を母は泣くらん

摩文仁朝信

琉球の白き墓場をあひびきの家とし酒を飲む家とする
身軽なる少女なるかなわれに来てまたわれを去る白鳥のごと
夕されば草に露おくいかでこの二人が恋に涙なからん
ただひとつ泣けるが如く色町の夜あけに立てる青き瓦斯燈
故郷の唐芋むきし黒き手を君が乳房に置くはかしこし

物おもひかなしむわれの目にうつる琉球の墓の白き横顔
馬車馬の蹄のあともうらさびし暮れゆく浜の白砂の上
故知らぬ悲み多し琉球の海を思へば墓を思へば
石垣のうへにのぼりて笛ふけば君が姿の窓にあらはる
風の日のわたつみのごとたちさわぐ君を見てあり山のごとくも
心にはかなしみおほき朝信が笑をつくるときのさびしさ
砂浜をあゆみなれたる足なれば銀座通をゆくは苦しも

摩文仁朝信

疲れたる心の上を流れゆくかのあそび屋の昼の爪弾
わがこころくされそめけん放蕩の友の噂を面白く聴く
夕されば草に露ありいかでこのふたりが恋に涙なからん
わが父もかかりき父のその父もまたかかりけん酒をのみけん

末吉落紅

理髪店の鏡のなかに銅の湯気立つ額の映る日盛り
はてしなく君をおもへば大海をわたりし鳥の如くつかれぬ
〈四十三年八月一日・第二年第八号〉

田里維章

公園のべんちに君を待つはよし泡盛びんをふところにして
藤の花しづれきたりぬ悲みて鏡をとれるてのひらの上
悲みて町をゆく時わがこころ重たきままに酒肆に入る
夏の夜の薄ぽこり立つ白き顔三つ四つ並び暗に去る後
悲みて森をあゆむに如かざらん家にはむごき目の光るゆゑ
わが行けば酒倉の戸をとざしけりかのよき眼をも少し憎まん
わが友は酒に狂へりわが行けばぴすとるを取るいかがすべけん

末吉落紅

百蓮のはなびらのごとわが肩に落ちて来りし君が手のひら
ほととぎす藻草の如き夕雲のからみつきたる杉ばやしかな

小橋川南村

南国の青葉の風は水のごと流れてゆきぬ君が肌に

山城正忠

わぎもこがしづかに鳴らす琴の音はわが心臓に金の針さす

〈四十三年九月一日・第二年第九号〉

醒余集

引かれゆく醒めたる色の幕を見る悲しき色のたそがれを見る
悲しかるたより来にけり我父のかしらに白髪まじりぬと云ふ
いつ見ても悲しきものは琉球の屋根の瓦の赤き土色
琉球の夏の夜こそかなしけれ墓場の上の酒と逢引
たきすてし暗き門辺の麻がらをぬらして降りぬ八月の雨
わが穿けるやぶれ袴を少女等がながし目に見て行けば悲しも
合図するつぶて代りにがじまるの果をば拾ひぬ暗き木のもと
さびしさよ歯科学校のしら壁にもたれて遠く君を思へば
なつかしくよき脣やふれにけん赤き斑のある朝顔の花
わが窓のすだれも涼し初夏のわたつみ色に風のゆらげば
かなかなの啼く頃われも薄暗き柱にもたれしめやかに泣く
ふるさとのわが妹は手らんぷの黄なる灯かげに機や織るらん
秋立つやともし火をとり読む書をわづかにぬらす不覚の涙
うつくしきかの白玉のをよびもて摘ませまほしき青の蓬生
降る雨にしめりて暗し古壁もかなしき胸の如く破れん

酒のめば南蛮ぶりの足拍子をかしき男病める秋かな
山の手の秋こそわきて悲しけれ君をしのべとこほろぎの啼く
われ病みぬ白きをゆびに摘みてこしにがよもぎをば口にせしより
いささかも客虫居の殻とかはらざるさびしき家も夜は明す
うすあかきわが神経に似てともる黄いろの壁のともしびの色
ゆふぐれの岬に立てる灯台の如くに白く物を思へる
たをやめを悲む柄にあらねども捨てられしより覚えそめにき
ふるさとの海を思へばまぼろしに見えつつ悲し月夜の鷗
港にはくだものに似て帆ばしらのともし火赤し夏の夜の空
空を吹く風の音にもわが胸はひびきて悲し何の故ぞも
なまめかしこがねと紅と染めわけし雲のはざまに黄昏るる空
夕ぐれの白き浜辺にみだれたつ鷗のむれも悲しかるらん
捨てられし男のごとく夜もすがら暗き雨ふる初秋の空
にほひなき木の彫りものに似る我もかの郎女に思はれしかな
わがなさけ猶てのひらに残りたる香油の如くすこしにほはん
この頃は悲しきがため姿見を青き布もて覆ひぬるかな

よろこびの余れば涙ながるてふその理に逢はぬ我かな
洪水は屋根をひたして二階なるてすりの前に月ぞ流るる
洪水のなかに火の燃ゆこがれたる里きむくろの浮きて流るる
洪水のうへに昭る月ながれたる屋根の瓦のうへに照る月

摩文仁朝信

夕ぐれの琉球の白き墓場より屍の泣ける如き笛の音
東京の芝居に観たる泣顔をつれづれなれば真似て遊べる
琉球のみなと夜となり三味鳴れば水夫のむれに我もまじりぬ
三味きけばわが目あやしく濡れんとすそを隠すとて立ちて踊りぬ
うかれ女の不足顔よりととのへる仏の顔は少し尊し
悲みてまた銀笛に口をやる放香園の屋根うらの人
風中にうらの長屋の千代松がまた蛇皮線を鳴らす夕暮

末吉落紅

鶏の荒きとさかの裂け目など見るがさびしき六月の昼
美しき盲の童つねに来て眼をひらかんとあせるまぼろし

尚球

まばらなる椰子の林のやや高き岡に上りて潮鳴を聞く
夜の海にしら鳥啼けば悲みて我も水夫の歌にまじりぬ
夏の日は今沈むらん慄へつつ飢ゑ疲れたる南国の磯
美しきかの少年の悲しみのあれこそ清く目のうるみけれ

摩文仁朝信

琉球の墓場の如くただ白く物思ふ子とわれなりしかな
薄暗きかの古街に育ちたる少年なればさびしかるらん
かなしみて指吸ふ大とわれなりぬ君が心にはなれきぬれば
がじまるの木陰にゆきて佇みぬ待つ人のある夕の如く
若人の心は哀し路づれの少女のためにかたちつくらふ

奥島南葉

あくたより選りとられたる金のごと琉球の島を放れゆく君（東京へゆく友に）

山城正忠

〈四十三年十一月一日・第二年第十一号〉

第二年第十号から尚球、奥島南葉が登場。

崩壊

われに似てかなしかるらん夕ぐれの青き瓶より黄なる花ちる

濠ばたの古き家よりかなしげに黒きがらすを透すともしび

塗下駄のふたつならびし玄関の石にもたれて泣きしわれはも

第一のわがしかばねを葬りぬ墓にかも似る歯科医学校

わかれきてなほ眼のなかに林檎むくしなよき指の白くのこれり

しかばねに共に似るかなかなしめる頭のせたる白きただむき

ぬすまれしものはあきらめ新しくひろへる玉をみがくさびしさ

あさがほの蔓にきて啼く虫のこゑわれは泣くだもゆるされぬかな

しろき貝ちらばる浜に来て泣きぬ君のかばねかわれのかばねか

青ききぬかけし寝床の皺などをくまどるもよしくれなゐの夢

灰色のしみこそのこれかなしみのしみこそのこれ雨もりの壁

ふるびたる麺包のかけらにうす青き麹の花のさける初秋

そのせがれ親のあたまの禿げたるもおもむきありとよろこべるかな

木像のやうだと言はればんくらの男もさびし初秋のかぜ

土くれのごとき女のはしなれどものなつかしき秋のくれかな

ならはねど恋はおぼえぬおのづからあからむ秋の果物に似て
髪にぬるかの油すらにほはねばわがすむ家のさびしかるらん
ゆふやけに赤くわらへる大海をわたりてこしや南蛮のひと
ひげつらのただのをとこと正忠をあげつらふなり青二歳ども
つぎつれどかなしき疵やのこるらん二つにわれしうすき盃
目にいたしおもてをふたぎあちら向き泣ける女の襟のおしろい
みんなみのくぐつまはしか何ものかわが行くかたに暗き窖ほる
あめいろの海草の葉にいだかれてうちあげられし白きしかばね
母ぢやびと二十六にもなりてなほめとらぬわれや悲しかるらん
かなしげに飯田河岸なる枯草の土手にまじれるひぐるまの花
珍しきものならねどもわぎもこの衣なればよしみづいろの襞

摩文仁朝信

古町の夜の面こそさびしけれ継子の眼にも似たるともしび
都にはくらき洞なしいづこをかこのわび人のかくれがにせん
夕されば父母のなき子の如く古街の夜をさすらひてゆく
古町の長き石垣薄黒く聳えし上に青みたる月

新しき世の少年の悲しみをその父母の知らぬはかなさ
悲みて家を出でゆく少年は白き墓場に今日もゆくらむ
銭もたぬ男の心うらさびし酒場の窓に灯はともれども
耳とほき男の如くわが財布いくたびふれど鳴らぬさびしさ
あなかなし心二つにわかれゆく父母のため恋人のため
耳の鳴る疲れはよろしたはれ女の家より帰るその朝のごと
かの女さてはあらゆるいつはりをあつめて我に文を書くらむ
濁りたる空気の中にうら町の三味線の泣く夕まぐれかな
ダアリアのこき花びらになずらへぬわが歌ふ日の赤きくちびる
かかるべきわれの面かもつれづれに鏡をとれば悪くさびしき
みづからを知らんがために薄暗き部屋にこもりて物思ひする
われはたゞかなしき夢をつくりゆくあり甲斐もなき男なるらん

尚球

停車場のにぎはふ中に沈みたる花売り少女見ればかなしも
はしやぎたるかの少年も憎きまでなつかしきかな旅のひとり寝
夜となれば故郷こひしふるさとの棕梠の木蔭にとりしかの手も

ひとり身のかなしき時は故郷の父の墓をば思ひつつ泣く
秋の雨都になればひとり身の旅の涙も流れぬるかな

田里鳥江

文机のもとに据えたる泡盛の徳利を振りぬ心惓む時
蝉をとる裸の子等がさしかざす芭蕉の葉より風の秋づく
港なる白き墓場を目に泛べ夕となれば酒を思ひぬ
ゆゑわかず涙落ちけりおとうとが薩摩潟より文を送れば
石垣の蔦はふもとに思ふ子を待てば悲しも薄き月の出
我妹子のおしろいやけもうらがなし軽き芭蕉を著けて寝ぬるも

摩文仁狐島

秋の夜は君がなげきに因はれぬこの少年の黒き瞳も
新らしき世の少年のかなしみを我が父母の知らぬはかなさ
少年も若き少女も瓦斯燈も涙ぐみたる家の白壁

摩文仁朝信

琉球の若者どもに泡盛と墓場の夜を思はぬはなし
われまじる墓場の上の若者に酒場の猛者のさわげるなかに

思ひ出の黄ばめる壁に描かれし酒に酔ひたる亡き父の顔
あやまちてわが落したるハンケチを手早く拾ふ君が白き手
夕されば酒の徳利をふところに裏の木戸よりわれ忍びいづ

摩文仁狐島は、摩文仁朝信のペンネームの一つ。
〈四十三年十二月一日・第二年第十二号〉

摩文仁朝信

二階より旅のなみだを湛へたるわが目は朝の海を眺むる
運命に追はるる如く麻布より神田に移る秋の夕ぐれ
一人なるまして旅なる身はさびし秋風吹きて菊のにほへば
こほろぎは吹く秋風の合の手か又かなしみて草むらに啼く
水の音の三味にまじるもうらさびし独をかこつ屋根うらの床
まぼろしに見ゆるうかれ女うす白き腕をわれに執られつつ行く
かの顔に笑ひのなきもうらさびし青める空に月の無き如
笑ふべきところと知らず悲みぬこの朝信は下手役者かも
うすなさけそれもはたよし野の中を浅く流るる砂川の如

〈四十四年一月一日・第三年第一号〉

摩文仁朝信

酔ひ泣きを知らぬさびしき女敵のひとりもいまだ持たぬさびしさ
色町につづく墓場もうらさびし夢よりつづく現実に似て
恋びとの白き腕に抱かれてさびしきゑみを洩すこの人
泣くごとく笑ふならはし朝信が父の父よりつづくならはし
われすてて女は走る耳とほき男のわらひさびしかりけり
公園の冬の敷石散り迷ふ木の葉にまじりわれも走れる
君が家の玄関に立ちためらひぬ鈴をおすにも胸をどるひと
かなしみてかへれば家のくらき戸は死の入口のここちするかな
恋がらを抱きて泣くか死を追ふかあはれ二つにゆきづまりける
なはかなし恋の毒手の傷の痕きゆるばかりにかすかなれども
うつつなくわかき十九をよろこびし心のうへに年はくれゆく

田里鳥江

眼のふちの赤く爛れし酒のみの貧しき相をさはな眺めそ
いつもかの男やもめをつれ出しぬ甕に酒の満てる夕ぐれ

琉球の白き岬に灯のともる夕に君をさそひ出でける

〈四十四年四月一日・第三年第四号〉

摩文仁朝信

家のなか墓場の如くうらさびし一人息子のわれ帰れども
下宿屋に寝起するよりさびしきは母のみ残る家に在ること
はかなくも形見となりぬこぼれたる酒を拭ひし祖母の手紙は
悲しきは漂泊を好く朝信に家のあること禄のあること
琉球に冬の無き如うつし世の冷たさ知らぬ我なりしかな
わが家の墓となる日も近づきぬ母のおとろへ我のおとろへ
母の如われも素直にものを言ふそれのみ母にめでらるるかな
夕されば母の咳のみ聴えくるさびしき国となりし我家
疲れたるひとみの前に同じ顔ふたつ重なり白く笑へり
琉球の夢売る町ぞ目に泛ぶ行く処なき身を思ふとき
しばらくは我を忘れて恋をする若き盛りを飾らむがため
物を言ふ目をば見つめて耳遠き男の帰る寒ききぬぎぬ
いち早くさめし女は羨し疲れてさめぬ悲しき男

つつましき汝が口づけに答へやる夢に別るる悲しみのため

〈四十四年六月一日・第三年第六号〉

摩文仁朝信

夏くれば腹立つことも泣くことも多くやならん故郷の母
うらさびし金の薄をば剥がれたる単なる我の像を見し時
しろがねの簪こそは目に浮べ琉球節を軽く歌へば
琉球のわが古家にかへりきぬ母と並びて悲まんため
うなだれて家に帰ればわが母のしはぶき聞ゆ暗き隅より
しばらくはわが反抗もしづまりぬ咳に悩めるたらちねのため
わが家の血すぢを誇る母の声いといたましく耳に残れる
まだ見ざる許嫁をば待つ我もさびしき人の一人なるべし
野の中の小き墓こそかなしけれ取りのこされし我母の如
古家はものあはれにも春くれぬ在りてふさはぬ若人のため
いたましき首里の廃都をかなしみぬ古石垣とから芋の花
古街を行く横顔に入日さしこころ都をおもふ夕ぐれ
たらちねの灰色の皺ひくき咳わが古家によくもふさへる

琉球びといれずみの手と迷信に疲れはてたる浅き心と
古家の壁を仰ぎてなげかひぬ母と我との墓に似たれば
新しき世に惓む我は古家の柱にもたれほつと息する
古家のよごれし壁に幼年の「座右の銘」の残るさびしさ

〈四十四年十月一日・第三年第十号〉

摩文仁朝信

涙落つ母の好める少女をばめとらぬ我を母の泣く時
かなしみぬわが古家にふさはざる恋を思へる我と知る時
老いし家扶寒く古りたる声をして我を教へぬ娶らぬがため
争ひに疲れし心たかぶれば咳に悩むを常とする母
たらちねといさかひの後死の如き疲れぞきたる夏の日ざかり
運命のささやくが如たらちねの物言ふことをいたく怖るる
かなしくも弱き心の起りきぬ歳をかぞへて母の歎けば
ひと夏は琉球にありぬいにしへの親にふさへるその子等の如
幾とせか忘れてありし悲しみのよみがへりきぬ家に帰れば
如何にせん母はその子の新しき愁を知らぬ古き貴人

さびしさよ墓場のごとき古家にふさへる人と我やなるらん
一人あれば死霊の如きわが顔によくもふさへる古家の壁
わが母の白く老いゆく横顔と暗き古屋の初秋の壁
人人のみにくき顔の気にさはる真昼の我のおきどころなし
国人の赭き頬べたにあざけりの笑ひぞ浮ぶわれの歌へば
夜ふけてひとり臥処にゆく母のうしろを照す暗きともしび
熱のなき恋する人となりにけり十九の我も老いにけらしな
かにかくに恋なき我となりゆきぬ水かめのごと秋風のごと
かんざしの隅ま白くかがやきぬ琉球の夜を君と歩めば
ここちよき芭蕉の袖のはだざはり流るる水の如き夕かぜ

〈四十五年一月一日・第四年第一号〉

摩文仁朝信

父なきは禄なきよりも悲しきと文のたよりにかき給ふ母
冬の夜の灯のいろ悲したらちねの疲れたる瞳にあまり似たれば
落涙のごとく雨降るたらちねのしづめる顔に似たる空より
わがことを思ひあぐみて下女などを叱りてあるや此頃の母

母一人骨肉ならぬ人人のなかにいますもかなしき十二月
木枯の夜はそぞろに泣くといふ伽藍のごとき家に住む母
母おもふことをば古き人のすることのごとくも思ひつる人
少女らをよけて母のみ思ふべし禁欲の子となるならねども
冬草のなかにさびしく花咲きぬたまたま母をわが思ふごと
つはもののたぐひならねどいくばくの犠牲をはらふ恋と母とに
世の常と浅くあきらむるうるま人われら母子もあはれなるかな

〈四十五年五月一日・第四年第五号〉

摩文仁朝信

おともたち先にねさせて母ひとり物思ふらむ冬の灯かげに
吾乗せて行く黒船を運命の使のごとくこはがれる母
灰色の空を眺むるさみしさを母の額にみるがかなしき
とつ国をいたく怖るる父母のそのひとり子は家を恐るる
やる瀬なし夜半の寝室にかがまれる母の姿をひとり思へば
狂人か世界の果てにきたりしか母を思へば白く笑はる
その夫に若さを捧げやくざなるその子のために生きのこる母

喪のごとく昼静かなる古家にひとりはしゃぐ従妹の少女
たよりなき生活さする母と子をさびしく囲む高き石垣
わが家の古き畳を夜ふめば死人の肉をふむここちする

四十四年の第四号からは、摩文仁朝信一人の作品しか見られない。

上間は四十三年第二年第四号の「廓と墓場」を最後に、落紅は、九月第二年第九号に発表した二首を最後に、そして正忠は十一月第二年第十一号に発表した「崩壊」を最後に『スバル』からその名前が消えてしまう。それは、勿論彼らが、歌をやめたからではない。

正忠のその後は不明だが、上間、落紅、裂琴、南村、南葉等は、『スバル』に対抗する形で発刊された『創作』へ移っている。上間等が去った後、取り残された形ではあるが、摩文仁は一人『スバル』に残って数多くの作品を発表し続けた。

『スバル』の終刊は、大正二年十二月。通巻六十冊。「明治四一年一一月、『明星』が一〇〇号をもって廃刊し、その前に脱退していた人々と『明星』に残っていた人々とがあらためて相寄り新たな意欲のもとに発刊した耽美派の文芸雑誌」で、「盛りは明治四四年あたりまで」であったが、「明治四〇年代の自然主義を主流とする文壇にたいして、耽美派による反自然主義運動の拠点の役割を果たし、やがて理想主義の擡頭、高揚とともに終わった」(竹盛天雄「スバル」『日本近代文学大事典』第五巻新聞・雑誌篇）文芸雑誌であったとされる。

『スバル』の耽美主義的傾向にもっとも心酔したのは、上間正雄であった。山城正忠は、新詩社同人としてのつながりによっていた。『スバル』への沖縄の表現者たちの登場は、多分上間的なかたちと山城的なかたち、すなわち耽美主義的傾向への同調か、『明星』とのつながりによるかのどちらかに分けられるかと思う。明治四十二、三年は、琉球の文芸復興が叫ばれ、現地沖縄でも文芸活動が燃え上がった時期であった。数多くの『スバル』への沖縄の表現者たちの登場は、そのことを抜きにしては考えられないであろう。

5『文章世界』と沖縄の投稿者たち

一

『文章世界』の創刊は、明治三十九年（一九〇六）三月である。同年十月十五日号・第一巻第八号には、早くも沖縄からの投稿がみられる。しかし三十九年に掲載された作品は、上間正敏の一首のみである。

○　　　　　　　　　　　　　　琉球・上間正敏
朝の海天なる雲のばら色のかげこそうつれ潮どよみすも

四十年（一九〇七）には、次のようなのがみられる。
〈四十年一月十五日・第二巻第一号〉
○　　　　　　　　　　　　　　沖縄　上間正敏

少女のあまたむらがる中の細路を若き男の牛ひいてきぬ

〈四十年四月一日・第二巻第四号〉　沖縄　金城静水

春風や芽をふく藺田のさゝら波

四十年も上間の短歌一首と、他に金城の俳句一句が見られるだけである。まだ雑誌の存在がそれほど知られてなかったのであろうか。

『文章世界』に、沖縄からの投稿が多く見られるようになるのは、翌四十一年からである。

〈四十一年五月十五日・第三巻第七号〉

○　琉球　縞内玉鉾

かしは木のしげみながるゝ白川のみづの音すずし夕闇の空

〈四十一年七月十五日・第三巻第九号〉

○　沖縄　縞内玉鉾

青柳のかげにやどれる明星よ黒髪ながき君が瞳よ

〈四十一年八月十五日・第三巻第十一号〉

○　沖縄　緑山玉子

叫び来る旋風なりわが胸にいまし寝ねたる鳥おどろかす

〈四十一年十月十五日・第三巻第十三号〉

○　　沖縄　小倉銀潮

君いだく一瞬にして空をゆくわが魂なれや春の夜の星

琉球　禪峻行脚

洗はれし馬嘶くや月の下

原句「―秋の月」

〈四十一年十一月十五日・第三巻第十五号〉

○　　沖縄　島袋蛍海

いさゝかの音にも逃ぐる鳥のごと不安すくへり胸の荒野に

○　　沖縄　比嘉良篤

祝ぎつゝも真珠盛りたる我船は珊瑚の港真帆まきて入る

○　　沖縄　上間正美[1]

空なかば雲燃ゆ秋の日のひかり大あめつちに静かなるとき

四十一年になると、そのように、投稿者が増えてはいるが、目につくほどの活躍をしたのはいない。それは四十二年も同様である。

〈四十二年一月十五日・第四巻第一号〉

○　　　　　　　　　　　　　　沖縄　比嘉幽星

おん君は別れて若き二つ葉の落葉せるだとまたと逢はれず

〈四十二年三月十五日・第四巻第四号〉

琉球　鯨南浜人

春の人夢語りつゝ歩みけり

琉球　山土黒華

築港の槌の響や春の潮

〈四十二年五月十五日・第四巻第七号〉

琉球　髣髴漁郎

夕霞牛ひいて来る女かな

〈四十二年十月十五日・第四巻第十三号〉

○　　　　　　　　　　　　　　沖縄　小山　秀

薄あかき少女の爪のうるみにも胸さわぎするわれならなくに

四十二年までの投稿者は、一、二度現れてはすぐ消えてしまうといった調子で、長続きしたのは見当たらない。

四十三年になると、それが違ってくる。

〈四十三年一月十五日・第五巻第一号〉

○　　　沖縄　摩文仁月来

よしえやし君が心の露ぞちる吸はましわれはうるほひ死なん
窓ちかくいざよひの月ほのめきぬ棕梠の上葉をかぜわたるとき

〈四十三年二月一日・第五巻第二号〉

○　　　沖縄　奥島南葉

門に出で君待つ宵よさみしくもハモニカ吹きつ月待つ宵よ

沖縄県那覇区字東一四八〇
石川美作

都会の薄暮

燥やげる都会の情緒よ！
わが小さやかなる胸の琴線は
絶えず打ちふるひかの日の曲を奏せむとす。

ウヰスキイ瓶を並べしレストオランの姿見に、
青白き女の影ぞたゞよへる……
ふくよかなる胸と手と鬢のほつれと……
或るときはわれゆきてその影を乱したり。
梅雨晴の都の空に汽車は叫びをなし、
見るかぎりおほらかに低き白亜の停車場は、
なやましき短調の楽音を日に□弾けば、
憂愁の官能を刺して吹く微風に
いまし、灰だめる胸の空は顫へり。

青柳の芽を吹ける下を洋妾の子のゆきかふあたり、
落日の反射せる教会堂のガラス戸に倚りて、
ものを思へる青き瞳の女の頬の柔や（ママ）かさ。
なべてみな倦んじ果てぬる巷のらうがはしきなかに灰色に暮れてゆく、
都会の情緒はほのかに揺曳く。

煉瓦家の電燈会社には悲しき燈の光、
今宵も梟の円なる瞳に似たり。

われはいつも暗き路地を遁れて、
老舗の青き瓦斯の燈を浴びにき。

（評）電燈の光を梟の眼のやうだといふ。比喩の連想が面白い。

〈四十三年四月十五日・第五巻第五号〉

○　　沖縄　奥島紫村

梅雨晴れて日向ぼこりす我がまみに地平線行く人等うつりぬ
午前二時月夜の街を胸の思ひ一々語る子と行きしかな

〈四十三年六月十五日・第五巻第八号〉

○　　沖縄　奥島洋雲

春の朝小雨にぬれつとぼ〳〵と亡き父に似し人のいそぐよ

○　　沖縄　與座海音

月しろのたゞよふ夕君が家の柑子のあたり笛吹くは誰ぞ

○　　沖縄　與座嘉用

故郷の白浜にして拾ひ得し薄紅貝に似たる君はも

〈四十三年八月一日・第五巻第十号〉

○　　　　　　　　沖縄　奥島南洋

雨の香としと〳〵濡るゝたちばなの匂をかぎつ君にふみかく

〈四十三年八月十五日・第五巻第十一号〉

○　　　　　　　　沖縄　奥島憲造

我が庭にあまた咲きてと少女子が活けておくりしこのま白百合

〈四十三年十一月十五日・第五巻第十五号〉

○　　　　　　　　沖縄県首里区字儀保七六七

比嘉明舟

か黒きをみにくきものと数へける男はいかにこの瞳見む[2]

（評）説明にしない所に趣を見せて居る才のある歌。

○　　　　　　　　神田[3]　摩文仁孤島

古町の夜の面こそさびしけれ継子の瞳にも似たるともしび

南国の入日はかなしわだつみの旅より帰る赤き帆の色

○　　　　　　　　沖縄　高里浦舟

散れる吾が心集めて手に持てど投ぐる方なくひとりかなしむ

○　　　　　　　　　　沖縄　島袋幽水

何故にさしも恥づると心いふ友禅の子の傍に坐りつ

〈四十三年十二月十五日・第五巻第十六号〉

○　　　　　　　　　　沖縄　松田小穂

しめやかに小雨降り来て九年母のかをる家なりき君とありしは

○　　　　　　　　　　沖縄　高里浦舟

歌と云うも吾が悲しみの一部なり読みもて行けば涙ながれぬ

○　　　　　　　　　　神田　摩文仁緑島

水際の芒は軽く秋雨にぬれてひかれりこほろぎの鳴く

四十三年になると摩文仁月来、奥島南洋、石川美作、奥島紫村、奥島洋雲、與座海音、與座嘉用、奥島南葉、奥島憲造、比嘉明舟、摩文仁孤島、高里浦舟、島袋幽水、摩文仁緑島といった名前が現れる。月来はどうか知らないが、孤島、緑島はその出身地を「神田」としてあるところから同一人のようでもあり、また南洋、紫村、洋雲、南葉は憲造の雅号のように思われる。とすると、四十三年に登場したのは、それほど多いとはいえなくなるが、これまでのように、現れてはすぐ

消えるということがなくなる。歌作の発表を持続するようになった表現者の登場が著しい。また、
これまで、短歌と俳句だけしかみられなかったのが、詩作の投稿も見られるようになる。

二

四十四年になると、さらに、新しい表現者とともに、新しい分野への投稿も著しくなってくる。

〈四十四年一月十五日・第六巻第二号〉

○ 本郷[4] 摩文仁朝信

やゝしばし君がなげきに囚はれぬこの少年の黒き瞳も

○ 沖縄 松田小穂

崩れたる石の間より咲きいでし黄なる花か日光を吸ふ（中城々跡にて）

〈四十四年三月一日・第六巻第四号〉

冬ざるゝ社頭の鳩の白さかな 沖縄 比嘉静軒

〈四十四年四月一日・第六巻第五号〉

沖縄　比嘉静軒
冬空や村をちこち夕栄す

○

沖縄　奥島洋雲
さや〳〵とわが髪のすそ吹く風に三坪の庭はたそがれにけり
〈四十四年五月一日・第六巻第七号〉

○

沖縄　金城墓花
夏は来ぬ青葉をつゝむしづけさを吸ひつゝ歌ふ鳥の声より
〈四十四年六月一日・第六巻第八号〉

沖縄　奥島憲造
麦わらのちらばるうねに夕栄の紅きが照りてものゝ悲しき

○

沖縄　金城墓花
あたゝかき春の夕風さら〳〵と汝が六尺の髪を撫で行く
〈四十四年七月一日・第六巻第九号〉

○

沖縄　松田小穂
やよひかなし若き瞳にうつりたるやよひはかなし風青う吹く
〈四十四年十月一日・第六巻第十三号〉

○

別れきて更けゆく町を独りゆく樹の繁みより月光のさす

沖縄　穂立盛芳

〈四十四年十一月一日・第六巻第十五号〉

○

雨やみし水無月空のなやましさ暗き家より出づる夕暮

沖縄　石垣喬松

四十四年には、その他「灯」と題した山田有功の短文が佳作に入選している。[5]
明治四十五年から大正元年までは、次の通りである。

〈明治四十五年一月一日・第七巻第一号〉[6]

飯田町四ノ三十一大谷方[7]

真境名盛輝

わが心と舞姫と

うなだれたわが心の上に秋雨のそそぐ、
白粉はげを悲しむ舞姫の心に……
秋雨はしめやかに啜り泣く。
床屋の鏡に泛ぶわが青白き顔と

運転手の踏台の鏡の響は……
うなだれたわが心の上に秋雨のふりしきる。

評、君の小曲六篇の中、はじめのに最も面白いふしもあったやうに思ふ。然し、やや二三不明な技巧のために惜しい事には取る事が出来なかつた。ここに選んだ一篇にも真摯な心の啜り泣きが多少味はれるけれど、比較してさほど優れたものではあるまい。

沖縄　金城水峯

鶏の初音に雑煮も香ひ晃

〈四十五年二月一日・第七巻第二号〉

孤独

沖縄県那覇上之蔵一四九二
日柳酔市

明るい電燈のたゝ白く凍り行く宿直室。

立ちつくした曲者どもの大松をば、
生きのこつたカナ〲が抱きしめて……
静かに静かにふりそゝぐ雨の痛さに、

燈心の油吸ふ音の様にジヽ……とすヽり泣く。

冷えきった硝子戸に、
外の暗さは黒紙を張つたが如く沈んで死に、佗しい昏の恋しい赤さまで映ったのに……この南
国に妙らしく雨もちら〳〵雪に降り変って落ちて来さうなのに……やるせなさや……そつと足
音をひそめて、――女は来ぬものか……

さヽやきあふて降りそヽぐ雨の痛さに、
生きのこったカナ〳〵がいつまでもすヽり泣く。
評。油蝉と蜩と、作者は或は考へ違ひしてゐるかも知れぬ。
〈四十五年三月一日・第七巻第四号〉

○　　　　　　　　　　沖縄　渡岸道守
このままに行かば歎きや添ふならん薄れゆくかなわれの手応

○　　　　　　　　　　沖縄　日柳朝街
白き手をやみに浮せて君語る我もだしては撫づる柳葉
〈四十五年四月一日・第七巻第五号〉

○　沖縄　長浜ろきん

あか〳〵とおち葉木立に夕日てりをのゝく君が頬を染めてきゆ

〈四十五年五月一日・第七巻第六号〉

○　沖縄　日柳朝街

いさかひし家にふらりと帰り来てひとり夜ふけの火鉢の火ふく

〈四十五年六月一日・第七巻第八号〉

○　沖縄　日柳朝街

ふるさとに入る坂の上にいちごなど喰みて淋しく日暮れを待ちし

日を吸へる広き青田に出でてふと別れし母の淋しうなりぬ

〈四十五年七月一日・第七巻第九号〉

○　沖縄県那覇区字東一四九三

奥島洋雲

麦刈られ土くろ〳〵とあらはれし大野にそゝぐ六月の雨[8]

評　平明な作であるが、其中に淡いながらに或る味ひが動いて居る。

〈大正元年九月一日・第七巻第十二号〉

沖縄　浦崎素波

月の出でて棕櫚の木影や盆踊

沖縄　染田正治

〈大正元年十月一日・第七巻第十三号〉

○

手の先にあつまる闇の温さかなしう汝の指を思へる

沖縄　花城鉄果

〈大正元年十一月一日・第七巻第十五号〉

名月や馬車を走らす京の町

甲　虫

沖縄県那覇東町上之蔵一五一九

金城三郎

かよわなる心に染みる日光の明るさに堪へ難く、
日に顫へる甲虫をいぢりをれば、
薄い羽のしばたゝきうちつれて鳴るこゝろ……
——夏草の悲しき愛にもつれあひ……

評、細かに感覚の顫へた時。

〈大正元年十二月一日・第七巻第十六号〉

○　　沖縄　菱川蔦葉
あれもよしこれもよしとてとりいるゝ若き女の旅立の部屋
　　沖縄　菱川蔦葉
晩秋の海にたゞよひ落つる日や

明治四十四年から大正元年にかけて、比嘉静軒、金城墓花、穂立盛芳、石垣喬松、真境名盛輝、金城水峯、日柳酔市、日柳朝街、渡岸道守、長浜ろきん、浦綺素波、染田正治、花城鉄果、金城三郎、菱川蔦葉らが登場、静軒は良篤（四一年）、幽星（四二年）、明舟（四三年）といった名前と関係があるかどうか、また墓花は、水峯、三郎、酔市は朝街と同一人なのかどうかよくわからないが、数多くの新人たちが登場、そして、ある程度の活動をしたことがわかる。

三

大正二年（一九一三）から大正九年（一九二〇）までは、次の通りである。
〈大正二年三月一日・第八巻第三号〉

○

女等が水を汲みては帰りゆく泡瀬の里に月の生るゝ

沖縄　美東松二郎

〈大正二年四月一日・第八巻第五号〉

○

まのあたり泣き崩れたる君をしも責むるすべなしサフランを見る

沖縄　菱川蔦葉

○

春の水ちよろ〳〵まろぶ春の水君が指よりこぼれてや来る

沖縄　嘉手納順範

〈大正二年五月一日・第八巻第六号〉

○

かよはなる君は過ぎます美しき午前十時の街に雨ふる

沖縄　美東十時街

南風や何見て跳る鯉二つ

沖縄　泉竹太郎

同号には「旅人と子供」と題した泉の短文もみられる。[9]

〈大正二年六月一日・第八巻第七号〉

沖縄　泉竹一

初夏や肥えて美し君が馬

沖縄　泉竹一

初夏の野をさまよひて疲れけり

沖縄　泉竹一

○

春の夕風呂屋を出でゝてく〳〵と坂のぼりつゝ我が肌を愛づ

〈大正二年十二月一日・第八巻第十四号〉

沖縄　名護朝扶

風の落葉咲き残る菊埋めけり

〈大正三年三月一日・第九巻第三号〉

沖縄　神山花琴

谺して寝る隙もなし山の火事

〈大正三年四月一日・第九巻第四号〉

琉球　金城山戸

いとしめやかに

たゞ何とはなしに、

一人裸足となりて叢をさまよへは
ぢり〳〵と沁み込む青き月光のしたゝりよ、
樹々を浄め杜を澄して空に照返せば、
涯りなく宏く眼の放たるゝこそおそろし、
かゝる間にも、
足は地上にありて幾度かめぐりては止まらず、
常に何事かを画けども。
おそろしく――　ふと、
双手さし延れば、星の流れたり、
いとしめやかに掌を合する心器…………
…………。
樹々の沈黙こそ尊し…………

評、いつも敬愛を失はぬ心は尊いのである。五官を以て知ることは出来ぬと失望してはならぬ。それは卑怯な諦めである。絶えず求めて止まねば其心には詩が宿るのである。

同号には、「凶兆」と題された瑞村智慧の短文が掲載されている。[10]瑞村は、小説の応募も試みたようで、五月一日・第九巻第五号の「応募小説評」には、彼の作品評が見られる。[11]

〈大正三年六月一日・第九巻第六号〉

○　　沖縄　神山美江子

化粧して嬉しくもあるにあさましく文のとどけり男は怖し

○　　沖縄　渡久地政馮

ぬかづきて日ををろがみしわが前に魚らかゞやきをどりつるかも

〈大正三年七月一日・第九巻第七号〉

○　　沖縄　神山美江子

行く末は男に頼むこの身かも独りで居たし若くて居たし

〈大正三年八月一日・第九巻第八号〉

夏の月（琉球にて）　　東京　神山宗勲

金の月は、暖々と、
悲哀と、荒廃に朽ちたる、
寂寞の古城の、まだらなる壁より、
今徐々と、暮と共に生る。

肉と血に□（不明）ひたる土と、
霊魂の反り返へる建物は、
かんかんとして嘆く。
かくて一面は、
銀の霊に甦り、
槽に臥したる龍は寝覚めども、
力なく、衰態に喘ぐのみ。
城を繞る城塞の歯は崩れ、
磅礴たる力は亡び、
儚き古を残す。
かくて銀の華は、
霏々として散れり——
兵士の白骨に沁みて。
…………又古き床には、
処々□（不明）水をなす。
あゝ月は古き栄華の夢を融して、

昇れり――

あゝ古城の褪め行く嘆き！

滾々して果なき慟哭き！

観ずや其悲哀！

評、詩句の運用は拙であるが、ロマンチックで、恒久な悲哀が染み出て居る。私は此作を読んで琉球に対する好奇心を禁め得なかつた。

○　　　琉球　名古一雄

きづ口をみつめてあればかなしげににじみでてきぬ赤き赤き血

〈大正三年九月一日・第九巻第十号〉

○　　　沖縄　奥島涙城

雨降らず耕せし畑の赤土の白く乾きて七月に入る

〈大正四年一月一日・第十巻第一号〉

神山宗勲（琉球）[12]

冬の月ラッパの音ぞ聞え来る

〈大正四年二月一日・第十巻第二号〉

神山宗勲（琉球）

ある人へ

心の紅き泪の緒を弾き鳴し、
青き眸の湖の草原に可愛ゆき花を抱かんと、
心狂ひて想へども、
白き花ぞ我を唄ひて泣かす。

泪は胸の奥に麗しき花をふるはし、
悲しみは我と憧憬れを深く沈めて、
冷たき命は紅く渦巻く。

思ひに頬を浸せば香り輝き、
白き羽衣の鷺は緑を啄みて、
哀なる歌に淡く翼を染めたり、

君よ！　君が女神の彩りに
我が紅き花を胸に抱き給はれよ！

評、色の濃い南方的な情熱がある。君の作を見る毎にいつもその背景となつてゐる風土を考えさせられる。

同号には、また神山の「独りの影」と題した短文が掲載されている。

〈大正四年五月一日・第十巻第五号〉

上里治助（沖縄）

絵草紙に虻鳴く京の小店哉

○

渡久地政馮（沖縄）

大通り白きほこりのちからなくあがりて冬はされるなり

大正四年八月一日・第十巻第九号には、加能作次郎選になる短文欄に田頭正秋の「旅にて」が掲載されている。[13]

〈大正四年十月一日・第十巻第十号〉

前川白龍

馬車走る松の並木や風薫る

○

比嘉良徳

いまにして思へばおのれ一人が歎かむ為めの恋なりしかな

〈大正五年五月□日・第十一巻第五号〉

上里無春（沖縄）

北斗星遠くかゝやく夜寒哉

〈大正六年四月一日・第十二巻第四号〉

上里無春（沖縄）

サガニー耕地より

二月半ばのそら、
酒室の呼吸を罩めて、風、
あまし、温かし
円ろかなるこの穹き
懐ろに、音もなく、
彩雲ぞ、さすらふなる。

機おる遠き麓のむら村、
ゆるくゆるく、筏の音幽かに
声音なし、幻の静けさに、たえなる夢を織れるか、
雲にそゝぎ入る恍惚、炊ぐ煙りの
直しき細流、君よとく、来らずや、
この身さみし。

水豊かに遠く連りて、
田を限る畔、唯見る目覚む一色に、
何をするぞ無言の二人、
さても黙然とうづくまりて、青光の鎌の刃に
さくさくと、草葉の重き寝りの上、
白蝋の手に湧くか緑葉は。

籠に緑児はねむり、すやすやと、
沈黙の雫を吸ふ。さくさくと実にさくさくと、

微かに愛しき囁きの忍び寄りで
童子が朱脣をゆすれば、声は響きを呼び
響きは声を生み、激しき感激のきはみ、
天地一心になりをひそむ。

純なる童子が節調に、快き眠りぞ襲ひ来りて、
魂の蕩け入るけはひなる。あゝ気は澄みたり
固なつぼみを秘めし我が胸裡
ふるゝ心は温かし。
あはれやがて消えなんとする。思ひ出の果、
燻銀の微光澱める、遠き岬に夕日が赤し。

―一九一七、一二〇―

評、ところ〴〵句法の混乱したやうなところもあるが何分熱い心を以て書かれた豊かな詩である。機織る音、籠に眠るみどり児等耕地の光景が眩ゆいばかりである。

〈大正六年五月一日・第十二巻第五号〉

真栄城玄明（沖縄）

白百合に虫の飛び来る月夜かな
〈大正六年六月一日・第十二巻第六号〉
上里治助（沖縄）

或る月夜に

おほぞらは、
紫暗の海と澄み渡りて、
真珠の群は、きらきらと、
円けき海月　光り流るゝ。

芋の葉むらがりむらがり、
わかづける野辺に、
貧しき樹立は微にゆら〱
葉末のしたゝらすひかりの雫
静かに　甘き夢を　つゞれる。

評、濡れた葉のやうに一句一句うるほひがある。芋の葉も、樹立も何だか感興に満ちて細かな身ぶるひをしてゐるやうである。

上里無春、上里治助は同一人である。

〈大正六年十月一日・第十二巻第十号〉

○

はつきりと辞職しますと云ひしかど事務室を出づる心はかなし

新垣卯花（台南[14]）

〈大正七年四月一日・第十三巻第四号〉

○

たわれめの髪のふくらみなどおもふ明るき風の肌ざはりかな

比嘉きぐれ（沖縄）

〈大正七年六月一日・第十三巻第六号〉

○

病みあがりうすもやの中に白く咲く大根の花をつまむ指さき

比嘉きぐれ（沖縄）

〈大正七年十月一日・第十三巻第十号〉

○

夕月に飯を炊きつゝ魚洗ふ肺病む友の母あはれなり

末田哲松（沖縄）

○

大空に一簇雲の漂ひてま昼の海に影黒う流る

比嘉朝健（沖縄）

〈大正七年十一月一日・第十三巻第十一号〉

○　吾妻暁風（沖縄）
暮近み西の空には岩の如き雲現はれて光るなりけり

同号には、松田哲の「怪我」と題された短文も掲載されている。[15]

〈大正八年七月一日・第十四巻第七号〉

○　比嘉きぐれ（沖縄）
妻めとり共に生きむと思ふときまことのわれの眼にみゆるかな

〈大正八年十月一日・第十四巻第十号〉

○　比嘉きぐれ（沖縄）
浪がしら浪にきえゆくいやはてに夕日真赤にくるめきてあり

〈大正八年十一月一日・第十四巻第十一号〉

○　東恩納寛敷（沖縄）
雨前の暗き地面にいそ〳〵と砂運び去る蟻数多なり

〈大正九年六月一日・第十五巻第六号〉

○　沖縄県那覇区西新町三ノ三六
比嘉太郎

息殺し窓にうかゝうわが顔をひそかに月の照らし居るなり16

〇　東恩納寛敷（沖縄）

久葉の木の真白花咲く久葉雨はいや降り続き春深むなり

〈大正九年九月一日・第十五巻第九号〉

〇　東恩納寛敷（沖縄）

小夜更けて大安売の赤旗のゆらぐ店屋の戸は閉まりたり17

〈大正九年十月一日・第十五巻第十号〉

〇　東恩納寛敷（沖縄）

薄紅の芙蓉の花の咲きさかり樹立茂みて涼しきところ

〇　小鳥銀鳴（沖縄）

山の畑に今しつきたりほのぼのと明るみそむる東の空

〇　豊見山鳥海（沖縄）

此真昼静かに庭べ見てあれば豆は莢よりはじき出でたれ

〇　東恩納寛敷（沖縄）

星あかり夜空の下にいなづまの光りて雲の美しく見ゆ

〈大正九年十二月一日・第十五巻第十二号〉

○　　　　　　　　　　　　　松田圯水（沖縄）
暖かきからだのやゝに冷えて行く湯上りの窓に雨の降り居り
○　　　　　　　　　　　　　比嘉太郎（沖縄）
君得なば君にさゝげて終へん身と思ひあがれる吾のいとしや
　　　　　　　　　　　　　東恩納寛敷（沖縄）
下駄ぬぎて裸足になれば夕闇に真青き草のうすらつめたし
　　　　　　　　　　　　　夕雁庵（沖縄）
よき月に我は妻子もなかりけり[18]

大正二年から大正九年まで美東松二郎、嘉手納順範、美東十時街、泉竹太郎、泉竹一、名護朝扶、神山花琴、金城山戸、神山美江子、渡久地政馮、神山宗勲、名古一雄、奥島涙城、上里治助、前川白龍、比嘉良徳、上里無春、真栄城玄明、新垣卯花、比嘉きぐれ、末田哲松、比嘉朝健、吾妻暁風、東恩納寛敷、比嘉太郎、小鳥銀鳴、豊見山鳥海、松田圯水、夕雁庵らが登場。松二郎と十時街、竹太郎と竹一、治助と無春は同一人、金城山戸と墓花、三郎、水峯、名護朝扶と名古一雄、末田哲松と松田圯水、神山花琴と神山宗勲は関係がありそうだし、奥島涙城は憲造、比嘉良徳は比嘉良篤、比嘉朝健は静軒と同一人とすれば、その人数は大きく変わっていくが、それでも次々と新人が登場している。しかしそれも、夕雁庵でもって終わる。

大正九年十二月一日・第十五巻第十二号以後投稿作品が見られなくなるのは、『文章世界』を『新文学』に改題、投稿欄が無くなったことによる。[19]

○

『文章世界』は、明治三十九年三月創刊。大正九年（一九二〇）十二月、第十五巻第十二号まで通巻二〇四冊におよんだ「投稿雑誌」であった。

創刊号から大正二年（一九一三）三月号までは、田山花袋が編集を担当、一年四月号から大正六年（一九一七）六月号にかけて長谷川天渓、七月号から終刊まで加能作次郎とかわっていくが、投書欄の「当初の選者は、詩は蒲原有明、北原白秋、岩野泡鳴、短歌は窪田空穂、俳句は内藤鳴雪、小説は田山花袋、島崎藤村、正宗白鳥、徳田秋声」[20]らが担当した。

和田謹吾は、『文章世界』の十五年を「日本の近代文学の発展にきわめて大きな貢献をした。すなわち創刊当時、まだ文壇文学の時代で、一般読者が文学に参加することがなかった時代に、投稿雑誌として発足し、広い読者層をつかんで文学に参加させたことは、文学享受層のすそ野をひろげることに大きな効果をもたらし、その後の文学発展の基礎を不動のものとした。加えて、花袋が自然主義運動の旗手となり、またその運動の推進力となった早稲田系の文学者を執筆者、選者の主体として新人を指導したことによって、自然主義運動の支持層を厚くすることに成功した。自然主義運動が、時期的にはきわめて短い期間に終わったにかかわらず、その影響力が大正、昭和にわたって長く深くおよんだのは、この雑誌の遺産と見てよいであろう」と評価している。和田は、『文章世界』の投稿欄を足掛かりにして、文壇に出た作家として室生犀星、久保田万太郎らをあげていたが、その中に、沖縄からの投稿者の名前はみえない。また「歌壇、俳壇の著名人もこの雑誌の投稿欄から出た人が多」いとも述べているが、多分その中にも沖縄からの投稿者はふくまれていないであろう。

沖縄からの投稿者の中には、「歌壇、俳壇の著名人」も「文壇に出た作家」もいなかったが、『文章世界』の投書欄が、沖縄の文学界を活気付けたことは間違いないし、大正十年の終刊は、投稿雑誌をそれほど多くもたない、沖縄の文学愛好者たちにとって、大きな痛手であったに違いない。

注

1 上間正美は、三十九、四十年にそれぞれ一首づつみられる上間正敏と同一人であろうか。
2 (天)(地)(人)の(人)にとられた歌である。
3 出身地を神田にしているが、摩文仁は、沖縄出身に違いない。沖縄であることを隠そうとしたというよりも、当時神田に住まっていたことによって居住地をとったことによっていよう。

4　朝信は、孤島、緑島等の本名であるかと思われる。本郷は、居を神田からうつしたことによる変更であろう。

5　明治四十四年九月一日、第六巻第十二号。「会話の形式で顯はした處が不自然だ。これなら、何もかういふ形式を取るにはあたるまいと思ふ。内容も例のもので、さうめづらしくもない」という評がなされている。有功は、裂琴の筆名で、明治四十二年から地元の新聞『沖縄毎日新聞』に詩作を発表。沖縄近代詩の初発を告げた一人である。

6　正宗白鳥の「応募者へ」の中にみられる「凡て百十余篇。北は渡島南は琉球、海外からも募集されてゐる」という総評から、小説を投稿していたのがいることもわかる。

7　真境名も、出身地でなく居住地を用いている。明治四十五年一月十五日『琉球新報』に、真境名の「南国の匂」と題された詩が転載されている。

8　(天)(地)(人)の(地)にとられた歌である。

9　「面白い場景を簡明によく書いてある」という評がなされている。

10　瑞村の出身地は沖縄県島尻郡大里村与那原一六七としるされている。「凶兆」は選者の「選後に」「『凶兆』(沖縄、瑞村智慧)可也に複雑した心理をかきこなした技倆を認める。只一面の突込みが、もう少し足りないかと思はれる』と評されている。

11　田山花袋の「応募小説評」に「△海近き村へ(……)(沖縄瑞村智簑)かうした作はこれまでもかなり沢山ある。しかも、これよりもつと上手なものが沢山ある。新しい何等の表現法をも示してゐない」とある。

12　大正三年八月一日、第九巻第八号に掲載された「夏の月(琉球にて)」は、出身地を東京にしていたが、ここでは琉球となっている。沖縄に帰ってきたということなのだろうか。

13　加能作次郎は、田頭の短文を「素朴な筆を以てよく旅の感じを出して居る」と評していた。

14　出身地は（台南）になっているが、この姓からして、卯花はたぶん沖縄出身であろう。

15　「複雑な情景を兎に角一通りまとめてゐる」との評がみえる。

16　一等に選ばれた歌で、評に「西伯利亜出征中敵襲を受けた時の詠であるさうだ。

　他の二首に

　　窓の下に息をひそめて弾丸こむる指のふるへの押へかねつも

　　暗がりの部屋に手探り武装すればひそかに触るゝ剣の音かな

　等があった。さうした異常の場合の心持を幼稚ではあるが誇張もせず狼狽もせずに詠んであるのに心が惹かれた。ことに一般普通の投稿が何と云っても花鳥風月の詠を出てゐない中に斯うした事に当っての作であるのも嬉しかった。斯うい雑詠の歌を増すことを祈る」とある。評者は若山牧水。

17　秀逸十首に選ばれた歌である。

18　（天）（地）（人）の（地）にとられている句である。評に「独酌独吟」とある。

19　大正九年十二月一日・第五巻第十二号の短歌「選後に」で、牧水生は「サテ、いよ〳〵今回でお別れだと思ふところへ難き愛惜の情である。思ひなしか今度など予選には三百首から採り得た好成績であった。どうかこの歌壇は中止せられても折角此処まで来ためい〳〵の歌の道をば止めてほしくない。何と云つても歌はその場〳〵の生命の光生命のかたみである。此処に発表されてある百首ほどのを見てもそれは解るだらう。自分のほんたうの生命に入つてゆくには誠によき道づれである。その意味で独りぼつちでい〵から倦まずにこの道を続けてほしい。熱心にやらうといふ人は我等同志で勉強してゐる歌の団体創作社がある。雑誌も出して居る。小生宛申込まるれば見本を贈る。兎に角左様なら、健在を祈る」と別れの言葉を記していた。

20　和田謹吾「文章世界」(『日本近代文学大事典　第五巻新聞・雑誌』所収)。『文章世界』に関するまとめは、和田の解説に負っている。

6 『ホトトギス』と沖縄の俳句作者たち

○

『ホトトギス』「地方俳句界」に、沖縄の結社句集が見られるようになるのは明治四十一年四月一日に発刊された第十一巻第七号からである。

●遊星会（沖縄、那覇）

枝川に踏青の足を洗ひけり　紫海

海苔青き十六島や冴返る　垂柳

〈四十一年十一月一日・第十二巻第二号〉

●南天居偶会（琉球、首里）

首里区儀保七二九、末吉麦門冬報

雁や来し今宵水沢の蘆の音　紅梯梧

●カラス会（琉球、那覇）

字西、田原煙波報

山蟻の足這ひ上る墓参かな　汀鳥

野に牛を放ちて墓に詣でけり　玉塵

〈四十一年十二月一日・第十二巻第三号〉

●カラス会（沖縄、那覇）

竹の奥の我家の灯や露光る　煙波

石逕を登れば家や露の中　紫舟

選に入る我句少なき子規忌かな　戎衣

『琉球新報』に遊星会が登場するのは、明治四十年二月。[1] カラス会は、明治四十二年三月になって、『沖縄毎日新聞』の「毎日俳壇」に登場。[2] 遊星会の活動も始まって一年たつとすぐ中央の雑誌と結びついているが、カラス会の活動は、「地方俳句界」への登場から始まったようにも見える。

〇

明治四十二年一月一日発行・第十二巻第四号には、「俳句会国分け表」が出ている。「琉球」の項をみると、次のようになっている。

琉球　那覇　●遊星会●カラス会
　　　首里　●南天居偶会

これらの俳句会は、四十一年に「地方俳句界」に登場したものである。地元の新聞への遊星会の登場が四十年、カラス会は四十二年。両会の活動は始まったばかりであったといっていいが、沖縄の俳壇・俳句界に関していえば、長い活動の歴史があった。その代表的な結社に如風会[3]と名護二葉舎[4]があった。蛙水会[5]、同吟会[6]、松風会[7]といったような結社も三十年代には登場、活動していた。

「地方俳句界」に登場したのは、しかし、そのような歴史のある結社ではなかった。それは、『ホトトギス』が、いわゆる新興俳句をめざした俳句の革新をうたった雑誌であったことによるであろうし、三十年代に登場した俳句会が伝統にとらわれていたのに比べ、四十年代に登場した俳句会はより自由になっていた証拠である。

四十二年は、次の通りである。

〈四十二年一月一日・第十二巻第四号〉

　　眠山荘偶会（琉球、那覇）

字西二一二、田原煙波報

船火事や大江の水紅ゐに　　紫苑

大いなる月丸窓に出たりけり　玉塵

カラス会（同）

同人報

十月の百舌鳥啼き止めば時雨れけり　煙波

〈四十二年三月一日・第十二巻第六号〉

●松緑会（琉球、首里）

首里区儀保七二九、末吉麦門冬報

粥杖や人の妬みに打たれけり　麦門冬

〈四十三年五月一日・第十二巻第八号〉

●松緑会（琉球、首里）

首里区儀保七二九、末吉麦門冬報

うらゝかや低き家並の田舎町　麦門冬

〈四十二年六月一日・第十二巻第九号〉

●カラス会（琉球、那覇）

那覇区字西四二一二、田原煙波報

磯山を焼き下しけり波白し　麦門冬

焼山に赤々と日の落ちにけり　玉塵
浜寺の晋山式や風光る　煙波
焼土に栴檀の実を植ゑにけり　瓢人
杏植う典薬寮のぐるりかな　楽山
●落紅庵偶会（同、首里）
茶山来て仮屋に妻の日永かな　亡羊
茶摘女に玉の輿より御声かな　麦門冬
〈四十二年七月一日・第十二巻第十号〉
●楽山居偶会（琉球、那覇）
更衣雲檐端に動くかな　紅梯梧
●毎日新聞俳壇（同、同）
縦て横に鶩吾を見て去りぬ　玉塵
此里は女畑打つ五形かな　紫苑
橋杭の水痕白き春日哉　駄々作
日の岡にうと〳〵と見る桜哉　白羊石
●松緑会（同、首里）

首里区字儀保七二九、末吉麦門冬報

湿り地の乾く匂ひや風薫る　汀鳥

同第十二巻第十号の青々選「夏行」（募集俳句其二）のなかに「夏百日粱の袋糧やある　麦門冬」の一句が見えるが、この麦門冬は、末吉であろうか。[8]

〈四十二年八月一日・第十二巻第十一号〉

●毎日新聞俳壇（琉球、那覇）

駅を出れば古郷道の雲雀かな　三念

拝殿へたらく坂や春の雨　駄々作

人も摘む草なれば我も摘みにけり　紅梯梧

●カラス会小集（同、同）

日盛や牛の背中の麦埃　紅梯梧

爽かに冷めわたりたる麦湯かな　阿旦坊

●落紅庵偶会（同、首里）

首里区字儀保七二九、末吉麦門冬報

切株に崩れ落ちたる火串かな　澪津串

●汀鳥庵偶会（同、中頭）

翡翠や釣大去りし忘れ笠　　麦門冬

〈四十二年十月一日・第十三巻第一号〉

●沖縄新聞俳壇（琉球・首里）

首里区字儀保七二九、末吉麦門冬報

日終日畑打つ鍬の柄も朽ちず　　白又紫

さざ波や鶴ひき去りし浜館　　南郁

茶屋の戸を人馬の影も日永かな　　紅梯梧

庫あけて人のあらざる日永かな　　麦門冬

〈四十二年十二月一日・第十三巻第三号〉

首里区字儀保、末吉麦門冬報

直訴文鳴子の縄に結ぶべき　　まの字

○

四十三年一月一日発行第十三巻第四号には、恒例の「俳句国分け表」が出ている。そこから琉球だけを抜き出すと、次の通りである。

琉球　那覇　●眠山荘会●カラス会●楽山居会●毎日新聞俳壇

首里　●松緑会●落紅庵会●沖縄新聞俳壇
中頭　●汀鳥庵会

四十二年には、三つの会しか出てなかったのが、この一年間でぐっと増えているのが分かる。地元の新聞でも遊星会のあと、和風会（八重山和風会）[9]、清水会（与那原清水会）[10]、ガジマル会[11]といった結社ができ、俳句界は、かつてない華やかな活動期を迎えるようになる。

四十三年は以下の通り。

〈四十三年二月一日・第十三巻第五号〉

●遊星会（琉球、那覇）

木枯に物屑寒き日かげかな　土偶
橋落ちて久し木枯の渡し舟　紫海

〈四十三年三月一日・第十三巻第六号〉

●煙里舎偶会（琉球、那覇）

一樹又た一石僧送る枯野かな　汀鳥

同号の「北海道●文月会（後志、小樽）」に「琉球へ行くてふ船や朧月　晩水」の一句が見られる。

〈四十三年四月一日・第十三巻第七号〉

●遊星会（琉球、那覇）
那覇区東一四七五、山下青知郎報
なべて世に里人の愚や山笑ふ　まの字
●カラス会五句集（同、同）
笹啼や飛々石の潦　汀鳥
鶯子鳴の家果樹園に開きけり　煙波
●松緑会（同、首里）
首里区字儀保七二九、末吉麦門冬報
ほか〳〵と日の照る岡や花薊　汀鳥
薊喰はぬ馬のかぶりや牧の草　麦門冬

第十三巻第九号には、鳴雪選「若鮎（第十三巻第七号募集俳句其一）」に、「鮎汲むや静に暮るゝ山の影　麦門冬」が見える。

〈四十三年六月一日・第十三巻第十号〉
●汀鳥庵偶会（琉球、中頭）
鶯に日の照る磯や潮干狩　汀鳥

第十三巻第十一号『ホトトギス』定期増刊第二冊（明治四十三年六月二十五日発行）には、岡本月村の挿画「琉球スケッチ」が九枚ある。波上神社、那覇市場、屋後、ヤンバラ船、緑蔭、那覇士族町、馬歯島、榕樹、首里旧城と挿画にはそれぞれ場所や対象が記されている。

〈四十三年七月一日・第十三巻第十二号〉

●カラス会五句集（琉球、首里）

首里区字儀保七二九、末吉麦門冬報

○

春月や垣外に丸き三笠山　　汀鳥

明治期に刊行された『ホトトギス』に、沖縄の俳句作者たちの作品が見られるのは第十三巻第十二号までである。

河東碧梧桐が、沖縄に来たのは四十三年五月。[12]「土地の俳人の小集」にも顔を出していたことからして、「地方俳句界」が話題にのぼったとしても不思議ではないが、その後、すぐに『ホトトギス』から、沖縄の俳句作者たちの作品が消えてしまう。それは、偶然であったともいえるが、かつて子規門下の一人として虚子とともに『ホトトギス』を支えた俳人の米県が、『ホトトギス』との関係を絶たしめたように見えるのは、皮肉なことであった。

俳人たちの登場は四十三年六月一日発行の「地方俳句界」で終わりになるが、しかし、沖縄の表現者たちと『ホトトギス』の関係もそれで終わったわけではない。明治四十四年六月一日発行・第十四巻第十一号には、山城正忠の小説「九年母」[13]が掲載され、また翌四十五年四月一日発行・第十五巻第七号には摩文仁朝信の小説「許嫁と空想の女」が掲載される。[14]

そして、第十四巻第十二号には「九年母」評が、第十五巻第七号には「許嫁と空想の女」選評が出る。いずれも虚子の評であるが、「九年母」評は、次の通りである。

山城正忠氏「九年母」は優長な、せゝこましくない筆付である。少しも飾らない厭味のない素直な書振である。

小説として賞めるべきものとも思はないが、兎に角よく纏めたものだと思ふ。矢張事件の描写よりも琉球の自然を書いた所がよかった。而して事件の描写よりも却って自然の描写が一種のローカル、カラーを出すに都合よかつた事云ふ迄もない。単なる写生文として見ても中々よく出来てゐる。又種々吾等の好奇心を刺激するやうな所は沢山あった。

「許嫁と空想の女」は、次のように評されている。

一、許嫁の女と空想の女（摩文仁朝信）は琉球人其人の作であるといふ事や、琉球の山川、風俗を描いたといふやうな事の興味の上に、此南の島人で無ければ抱くことの出来ぬ感情を此文章中に認めることが出来たのを面白く思ふ。

山城正忠も摩文仁朝信も、ともに短歌から出発し、正忠は『明星』『スバル』で、朝信は『スバル』『創作』で活躍した歌人である。彼らが小説に向かった動機は何だったか明らかではないが、虚子の「主観的写生文」への同調といった面とともに、『ホトトギス』が、明治の末には「文芸雑誌のやうな観を呈したこと」[15]にもよっていよう。

『ホトトギス』は、明治三十年一月、松山で創刊。翌三十一年発行所を東京に移し高浜虚子が編集、「新俳句の唯一の機関」となるとともに、「写生文という散文文学の展開に大きな役割をつとめ」るようになり、漱石の「吾輩は猫である」の好評等により、明治末になると「小説色の濃い編集」[16]になっていった。

正忠や朝信の登場は、そのような機運にうながされたことにもあろうが、そのことが、とりもなおさず俳人たちを、『ホトトギス』から遠ざけてしまった一因であったようにも見える。

注

1 明治四十年二月十三日付『琉球新報』に「遊星会俳句」として梨花、捨小舟の二人が登場。十五日には土偶、鎌月、三月十日には冷花、武骨が登場。当初は、このメンバーが活躍した。

2 明治四十二年三月一日付『沖縄毎日新聞』。麦門冬、玉塵、紅梯梧、戎衣、三念、煙波らが名前を並べている。カラス会句集は『琉球新報』には見られない。『沖縄毎日新聞』のみを発表紙としているが、同紙は明治四十一年十二月十日創刊。但し今日残っているのは、明治四十二年二月二十八日、第七十三号からである。創刊号に出ていたとしても、「地方俳句界」への登場が早い。

3 明治三十一年五月十一日（第八百十二号）付『琉球新報』に「如風会月次会　春季発句七題」として素翠、松翠の句が出ている。『琉球新報』の創刊は明治二十六年九月十五日、現存するのは明治三十一年四月一日からで、如風会の活動は三十一年以前に始まっていたと思える。

4 明治三十一年十一月十七日付『琉球新報』に「二葉舎兼題（俳句）」として雌堂、稚雛、元水、風月、浩斉の句が出ている。二葉舎の初出だが、活動は早くから始まっていたかと思う。

5 明治三十六年十一月一日「琉球新報」に「蛙水会句集」として初登場。「題　秋七草　花之巻」催主谷一夢　千勝釣月、大西宇鶴大人撰で一夢、霞標、三石、松翠、滴翠、飛入、釣月、雌堂、夢仙、四万人、円銭厘毛らの名前が見える。

6 明治三十八年『琉球新報』に「同吟会第一回月次兼題発句」として初登場。撰評薬師山大人催主森本景雪で○夏の月　○鮎　○西瓜　○樺太占領。同人名に春山、無外、嵐田、白蓮、景雪、青峰らが見える。

7　明治三十九年十月十四日『琉球新報』に「松風会第一回兼題」として初登場。催主磯部無外、評者互評、点〆で、柳垂、竹塢、松月、南山らの名前が見える。

8　麦門冬の号を持つ俳人は、他にも名古屋、九州にいて断定できない。

9　明治四十年九月十三日「八重山島和風会」として初登場。催主翠巌　東京叱牛先生選で涼浜、竹□、□□、南反、□水、如□、雪外、南耕、由榕、泉水、□□、□□、千舟、青葉、棲鶯、弁節、翠崖らの名前が見える。明治四十年八月四日には「明治四十年和風会五月兼題及即吟」として選者もメンバーも同じで「琉球新報」紙上に見えるが、「八重山和風会」は、「和風会」の地方支部的なものであったのだろうか。それとも同じ会に「八重山」を付けたりつけなかったりしたのだろうか。（□は判読不能箇所）。

10　明治四十年十月十五日『琉球新報』に「与那原清水会第一回俳句」として初登場。撰評芝崎蟹舎大人催主佐伯春山で嵐香、晩夏、寒閭、青山、一笑、友山、榕亭らの名前が見える。「清水会」でも出てくるが、それは、与那原清水会と同じである。というのは明治四十一年三月二十三日に「与那原清水会第六回俳句」があって、五月十日には「清水会第八回俳句」（八回は七回の誤りかと思う。五月十七日には清水会第七回俳句となっている）とあるのが見られるからである。

11　明治四十二年八月八日『沖縄毎日新聞』「毎日俳壇（四二）○ガジマル会」として出ている。雲濤、半酔、翠雲、禾原、駄々作、洋天、煙波らの名前が見える。

12　「続三千里」（明治文学全集56『高浜虚子　河東碧梧桐集』所収）を見ると、明治四十三年五月十四日那覇着、十五、十六、十七、十八日と沖縄本島内を見て回り、十九日に那覇を出航。「土地の俳人の小集」にいったのは十五日。

13 明治四十四年七月一、二、三、四、五、六、七日の七日間にわたって『沖縄毎日新聞』に転載された。

14 明治四十五年五月二十二、二十三、二十四、二十五、二十六、二十七日の六日間に渡って『沖縄毎日新聞』に転載された。

15 山本健吉「高浜虚子」(明治文学全集56前掲書所収)。山本はその中で「明治四十一、二年ごろから、虚子は俳句を放擲して小説に専念し、『ホトトギス』が文芸雑誌のやうな観を呈したことがある」と述べている。

16 福田清人「ホトトギス」(『日本近代文学大事典』第五巻新聞・雑誌所収)参照。

7 『趣味』と沖縄の投稿者たち

一

明治四十三年七月一日発行『趣味』第五巻第七号に、島地如文は「琉球の文芸——琉球節と三絃」と題したエッセーを発表している。島地は、それを「琉球は古来芸術の国である」と書き始め、古謡、劇、物語の紹介から言語、「蛇味線」の譜にまで触れているが、ここには、極めて注目すべき指摘があった。

惣慶親雲上忠義等と共に古く有名なる恩納ナベの歌ふた「笠に音ないらぬ、ふゆる春雨や、野山たちかくす、かすみともて」などはよく琉球の春をうつしてゐるが琉歌には之等の地方的特色を帯びたものと日本思想の影響を受けたものとの二つの系統がある、遊女ヨシヤは後者に属する歌人で、其の「及はらんとめは、思ひますかゝみ、かけやちやうもうつち、拝みほしやの」の思ひます鏡などは慥に日本特殊の掛言葉である、降って近年の琉歌は重に此種のものであった、然るに明治四十二年は復興の第一年ともいふべきで、三四月頃三十六島の詩人が那覇に会合し、四百年来沈衰の裡にある琉歌大会を開いて以来、再び天真流露の琉球を窺ひ得ることとなった、その一面、劇に於ても骨ばかりとは云ひながら、ハムレットやホトヽギスが演じられて歓迎されつゝあるのも当に感情生活に復らんとする思潮の過度期と云へば言ひ得る。

島地は、そのように琉歌に「二つの系統」があること、それが長い間の沈滞を破って甦ってきたこと、更には古いものの復興だけでなく、外国劇の翻案や日本で流行っている劇を同時に舞台に乗せるというような新しい動きをも視野にいれて、「明治四十二年は復興の第一年ともいふべき」年だと指摘していた。

明治四十二年は沖縄の文芸復興の第一年だと喝破したのは、伊波月城であった。そのことからして、島地は月城のペンネームかとも思われるが、この指摘は、単に琉歌の復活、或いは翻案劇の登場ということだけにとどまらず、中央で刊行されていた諸雑誌への、投稿という形にも現れていた。

島地のエッセーが掲載された『趣味』も同じで、明治四十二年から四十三年にかけて、沖縄からの投稿が「趣味俳壇」や「趣味歌壇」を賑わせている。

〈四十二年五月一日・第四巻第五号〉

麦門冬

春を惜む柱に屋根の重かつし

〈四十二年十月十日・第四巻第十号〉

末吉落紅

憎まれて世に生くるほど快きものはあらじと心ひがみぬ
つれなしとわれを泣くなるわが妻の涙をだにも羨ましけれ
悔ゆとして思ひかへせどあながちに人の悪むに横道に入れ
髯長くかい垂れし大長者ぶりわれに教ふること多からめ

第四巻第五号の麦門冬は、末吉麦門冬と断定することは出来ないが、第四巻第十号に落紅の短歌が見られることからすると、末吉であったと見ていいかと思う。末吉安恭は短歌作者として落紅、俳句作者としては麦門冬というように使い分けている。

『趣味』が創刊されたのが、明治三十九年六月。麦門冬の登場が四十二年の五月であることからして、沖縄の投稿者たちの同雑誌への登場は、わりと遅かったと言える。

〈四十二年十月一日・第四巻第十号〉

摩文仁賢輔

われはしも罪知りそめぬおちつきのなき眼もて人をみるてふ
くらやみもはた日のてらすあかるさも眼をしとづれば何事もなし
〈四十二年十二月一日・第四巻第十二号〉 半酔

鯨突く首途や人の眉たかし
素車白馬粛々として露の中 麦門冬

「趣味俳壇」は、出身県名を作者の肩につけてない。そのことで、麦門冬というのが他にもいる場合その見分けが困難になるということもある。半酔の場合も明確に言うことはできないが、沖縄の俳句結社の一つである「ガジマル会」で活躍した一人に同名のものがいることからして、沖縄からの投稿者と見てまず間違いないのではなかろうか。麦門冬は、他の俳句結社「カラス会」で活躍している。

半酔と麦門冬は、それぞれその拠った結社は異なるが、俳句仲間としての交流はあったであろうし、多分麦門冬に刺激されて半酔も「趣味俳壇」に投稿したのではなかろうか。
〈四十二年十二月一日・第四巻第十二号〉

摩文仁松庵

われ七つ養秀院にまなびたる童児昔談よめばわびしも
うつしゑにのこる父母少しだに子を思ふなどのたまひてみよ
みなしごわれ玉を失ひぬ失ひて父のことなど思ひつゞけぬ
虎頭山山の端はなる月の色いつよりもよし闇ひらけゆく
悲しみぬわが真をみず半面のおもしろからぬわれみる人を
初冬の十方暮の日のつづく朝なり二日酔の唄声
わが家は芭蕉のかげにうづくまる飯匙蛇に似るなど書き送らまし
酒たうべ酔えるあひだはもて来にし愁ひもはたや君も思はず
この頃は君思ふより泡盛のするどき香もて舌やくがよさ

摩文仁松庵は、第四巻第十号に出てきた摩文仁賢輔であろうか。それとも後に出てくる摩文仁朝信であろうか。朝信が、実に多くのペンネームをもっていたことからすると、朝信のようでもあるが明らかではない。

二

明治四十二年の「趣味俳壇」や「趣味歌壇」に登場した顔ぶれは、他の雑誌と比べるとそれほど多いとはいえない。四十三年も同様である。

〈四十三年一月一日・第五巻第一号〉

末吉落紅

人悪くなりたる人とけふもまた渋き顔してむかひあふべく

おぞましく賭けたる頸はやうやうに斬るべきすぢとなりにけるかな

〈四十三年二月一日・第五巻第二号〉

末吉落紅

豆ランプあるかなきかのうす明り物ぬふ妻のあるがわびしき

叔父上はおのが若さに見たまひし女の名をばたゝへますかな

〈四十三年三月一日・第五巻第三号〉

摩文仁月来

その父は髫をば残しその母は入墨したる愚ものてふ

蛇皮線をかきならしつつ陶然とゐひし心地に唄ひてわする
夕風にふかるる棕櫚の葉の音と山羊の泣く音と聞きのよろしき
涙もて面あらひしそのかみの小き心にかへる悲しさ
野のはての大海原に日は出でぬいかに少女よかゝるあけぼの
神さへもさばきあたはぬ悲みの分け前もてる男産まざれ
一葉ちり五六ちりしく雨の日の林のごとき心となりぬ
〈四十三年四月一日・第五巻第四号〉

末吉落紅

たらちねにしたがひすぎて何事もなしえぬ者と人やいふらん
〈四十三年四月一日・第五巻第四号〉

摩文仁朝信

図書館の青硝子ごし町の灯の群りたるを瞳をすゑて見る
恋すればかならずやぶれやぶるれば悔の言葉を云ふがかなしき

第五巻第三号に登場した摩文仁月来も、摩文仁松庵と同じく不明。摩文仁朝信が本名を使って登場するのはこの号からである。

〈四十三年四月一日・第五巻第四号〉

麦門冬

春の水子別れ馬の顔洗へ

うつろ木の朽葉だまりや蛙なく

〈四十三年五月一日・第五巻第五号〉

摩文仁朝信

泡盛のつぼを抱きて七日ほどねむらずありぬかなしみのため

泡盛に淘然と酔ひ唄ふよりさとれるわざをわれは知らなく

君をしもきはめんとせずかの空に日の照ることをきはめぬごとく

聖人のふたぎたまひし路こえて酒のみにゆく正忠と吾

泡盛をたうべぬ時は木像のごとくさびしき正忠の顔

さびしさに古りて黄ばめる板壁を叩きて唄ふ春の夕ぐれ

あやにくや土色面の琉球の人の裔なりわが面もまた

アダン葉のかげにかくれてすゞしくも銀笛吹ける少年は誰ぞ

夕さればさまよひ来てはものおもふ琉球の墓の白きあたりに

麦門冬

椿落ちてまた広がりし水輪かな

「趣味俳壇」「趣味歌壇」に見られる沖縄出身者の作品は、第五巻第五号までである。四十三年は落紅、月来、朝信、麦門冬と出てくるが、落紅と麦門冬は同一人で、ひょっとすると月来と朝信も同一人の可能性があることからすれば、わずか二人しか登場しなかったことになる。

そのように『趣味』に登場した沖縄出身の表現者は少なかった。また、彼らの作品にしても、彼らの作品のなかでとりわけ優れたものが、ここに発表されたということは出来ない。『趣味』は、そういう意味では、沖縄の表現者にとって、それほど注目された雑誌では無かったかも知れないが、最終巻号第五巻第七号に掲載された島地如文の「琉球は古来芸術の国である」という高らかな宣言によって書きだされた「琉球の文芸」一篇があることでも、忘れるわけにはいかない雑誌の一つであると言えよう。

あとがき

本書は、研究ノートといっていいものである。

研究するには、誰もが、このようなノートを作っているわけで、本来、公にされるようなものではないであろう。公表されるべきは、このようなノートを用いてなされた研究である。

一冊にまとめるのを逡巡した大きな理由である。

それなのに、なぜ、ということになれば、若い研究者に、大切な時間を、同じような資料集めにこれ以上浪費させたくない、という老婆心による。いらぬお世話だと言えないこともないが、ここまでは、探したのがあるという情報があれば、それだけ無駄な時間を減らすことができるはずだと思うのである。

探し出した資料をまとめて一冊にすることにしたのは、しかし、そんな立派な理由だけによるのではない。あと一つ、大きな理由があった。

雑誌をくまなく見て行くことだけにかぎってもそうだが、それを写し取るということになると、当然問題が生じて来る。完璧かと問われると、うつむかざるをえないのである。どれだけ丁寧に眼を皿のようにしてがんばってみても、見落としや、写し間違いを防ぐことは難しい。

それぞれの雑誌について再調査する必要があると思いながら、いつの間にか二、三十年もたってしまっていた。しなければならないのに、することができなった。これからできるかといえば、とてもできるとは思えない。あとは、若い研究者にまかせるしかない。点検をして欲しいというよりも、必要な場合はぜひ原典にあたってほしい。

このような仕事は本来一人でやる仕事ではないのである。共同でやればいいというわけでもないが、多くの人が集れば、より広く、より正確になる事だけは間違いない。それだけに、研究者が多くなってほしいと願う事切なるものがある。

繰り返しになるが、この研究ノートは、不完全なものである。それだけに、「沖縄近代文学資料集」とするわけにもいかず、苦肉の策として「資料発掘」ということにしたが、このような仕事をしたことで、実に多くのことを学んだ。そのことだけは、最後に付け加えておきたい。

初出は、以下の通りである。なお、「沖縄の投稿者―明治・大正期雑誌投稿者一覧―」(『山本弘文博士還暦記念論集　琉球の歴史と文化』一九八五年四月)は、頁の都合で割愛した。

『文庫』と沖縄の投稿者――沖縄近代文学資料発掘(一)　琉球大学法文学部紀要『国文学論集』第三十五号　一九九三年三月発行
『明星』と沖縄の投稿者たち――沖縄近代文学資料発掘(二)　法政大学沖縄文化研究所紀要『沖縄文化研究』十八号　一九九二年三月発行
『創作』と沖縄の投稿者たち――沖縄近代文学資料発掘(三)　『沖縄文化』第二十六巻二号

一九九一年三月三十一日発行

『スバル』と沖縄の歌人たち――沖縄近代文学資料発掘（四）法政大学沖縄文化研究所紀要『沖縄文化研究』二十号　一九九三年十二月発行

『文章世界』と沖縄の投稿者たち――沖縄近代文学資料発掘（五）琉球大学法文学部紀要『国文学論集』第三十六号　一九九四年三月発行

『ホトトギス』と沖縄の俳句作者たち――沖縄近代文学資料発掘（六）『沖縄文化』第二十九巻一・二号（合併）号　一九九四年三月三十一日発行

『趣味』と沖縄の投稿者たち――沖縄近代文学資料発掘（七）琉球大学法文学部紀要『日本東洋文化論集』創刊号　一九九五年三月発行

資料の収集にあたっては、それこそ数多くの方々の協力を頂いた。国会図書館をはじめ国立・私立の大学図書館や研究所その他の施設のお世話になった。いちいち名前をあげることはしなかったが、感謝の気持ちでいっぱいである。

二〇一五年晩冬

「沖縄の投稿者―明治・大正期雑誌投稿者一覧―」から三十年目にあたって

仲程昌徳

著者略歴
仲程　昌徳（なかほど・まさのり）
1943年8月　南洋テニアン島カロリナスに生まれる。
1967年3月　琉球大学文理学部国語国文学科卒業。
1974年3月　法政大学大学院人文科学研究科日本文学専攻修士課程修了。
1973年11月　琉球大学法文学部文学科助手として採用され、以後2009年3月、定年で退職するまで同大学で勤める。

主要著書
『山之口貘——詩とその軌跡』（1975年　法政大学出版局）、『沖縄の戦記』（1982年　朝日新聞社）、『沖縄近代詩史研究』（1986年　新泉社）、『沖縄文学論の方法——「ヤマト世」と「アメリカ世」のもとで』（1987年　新泉社）、『伊波月城——琉球の文芸復興を夢みた熱情家』（1988年　リブロポート）、『沖縄の文学——1927年～1945年』（1991年　沖縄タイムス社）、『新青年たちの文学』（1994年　ニライ社）、『アメリカのある風景——沖縄文学の一領域』（2008年　ニライ社）、『小説の中の沖縄——本土誌で描かれた「沖縄」をめぐる物語』（2009年　沖縄タイムス社）。『沖縄文学の諸相　戦後文学・方言詩・戯曲・琉歌・短歌』（2010年）、『沖縄系ハワイ移民たちの表現』（2012年）、『「南洋紀行」の中の沖縄人たち』（2013年）、『宮城聡—『改造』記者から作家へ』（2014年）、『雑誌とその時代』（2015年）、以上ボーダーインク。

沖縄の投稿者たち
—沖縄近代文学資料発掘—

2016年4月30日　初版第一刷発行

著　者　仲程　昌徳

発行者　宮城　正勝

発行所　ボーダーインク
〒902-0076　沖縄県那覇市与儀226-3
電話 098(835)2777　fax 098(835)2840
http://www.borderink.com

印刷所　でいご印刷

ISBN978-4-89982-301-8